義妹生活
3
三河ごーす
illust Hi

義妹との登校

「そういえば先輩はこの夏、どこか遊びに行ったりしてますか？」

「んん？ わたし？
そりゃもう、
エッグい水着を着て
海に繰り出してナンパされる
女子大生《JD》ムーブだよ」

プールの義妹

diary

最近は日記を書くのがすこしだけ怖い。

一日の出来事を振り返って整理するときに、頭の中に占める浅村くんの割合が増えすぎている。

初対面の異性と同居する上で、なるべく相手を知ろうと努力したのが裏目に出た感じ。

食事の好みは私とぜんぜん違うだろうし、生活習慣や価値観も違っていて、

どこに地雷が埋まっているかもわからない。

なるべく失礼にならないように、せっかくお母さんが手に入れた幸せを壊さないように……

新しい家族のことを知ろうと頑張ったのが始まりだった。

気づいたら、ずっと彼について考えるようになっていて、

彼の優しいところを毎日見つけていった。

次はどんな一面を見せてくれるんだろうと、期待している自分がいた。

……そういうのはやめようって、最初に約束したはずなのに。

今はまだ大丈夫。私は感情を隠すのは得意だから。

中学に上がってからは、どんなに寂しくてもお母さんに「仕事に行かないで」と

泣きついたりはしなかったし。

私だけの気持ちの問題だったら、たぶん何事もなく毎日を過ごしていけるはず。

でも、もしも浅村くんが万が一にも私に私と同じような[redacted]を私に向けてきたとしたら。

私は自分の[redacted]を隠し続けられるだろうか？

……無理かもしれない。私はそこまで自分の心の強さに期待できない。

どこかで線を引かないと。

そうだよ、浅村くんは私にとって、人生で初めての[redacted]——

義妹生活３

三河ごーすと

MF文庫Ｊ

綾瀬沙季《あやせ さき》
高校二年生。親の再婚で悠太の義妹となる。派手な格好のため不良生徒だと思われており、クラスでも浮き気味。
「全人類がドライにやれたらラクなのにね。私と浅村くんみたいに」
「恩を売っておいた方がそのうち返してもらえるかもだし。Win-Winだよ」
「おーー！ ウワサのお兄さん！ ホントに隣のクラスの浅村くんなんだーーっ！」
奈良坂真綾《ならさか まあや》
沙季のクラスメイト。常に元気でお節介焼きで、孤立している沙季を見かねてウザく絡んでいくうちに友達になった。
浅村悠太《あさむら ゆうた》
高校二年生。親の再婚で沙季の義兄となる。普通の高校生だが、どこか他人と距離を置いている。活字中毒レベルで本が好き。

「妹ができたんだろ？ このお兄ちゃんめ」
丸友和《まる ともかず》
悠太のクラスメイト。悠太にとってほぼ唯一とも言える学校の友人。野球部員でありオタクでもある。
「父さん、結婚することにしたんだ」
浅村太一《あさむら たいち》
悠太の実父にして沙季の義父。前妻との間にいろいろあって離婚し、綾瀬亜季子と再婚する。悠太や沙季との関係は良好。
「うふふ。太一さんから話は聞いていたけれど、本当にしっかりしてるのね」
綾瀬亜季子《あやせ あきこ》
沙季の実母にして悠太の義母。元夫との離婚後、精力的に仕事に励み、再婚するまで女手ひとつで沙季を育ててきた。
「いつもありがとねぇ。ホント、後輩君は頼りになるよう」
読売栞《よみうり しおり》
大学生。悠太のバイト先である書店の先輩アルバイト。世話焼きな先輩として悠太の「妹との関係」を応援している。

Contents

Days with my Step Sister

3

{口絵・本文イラスト} Hiten

俺と彼女の関係はシンプルだ。ただ、俺達の〝心〟がそれを複雑にしている。

●プロローグ

夏休みに突入してから一ヶ月が経《た》った。

つまり俺——浅村悠太《あさむらゆうた》に綾瀬沙季《あやせさき》という義妹《ぎまい》ができてから初めての長期休暇が過ぎていったということになる。

綾瀬さんは、俺と同じ水星《すいせい》高校二年の十七歳。学内でも噂《うわさ》になるほどのとびきりの美少女で、妹といっても誕生日がわずか一週間しか違わない。

こういう場合に世間一般ではどんな出来事が起きると期待されるだろうか。

親同士の再婚によって兄妹《きょうだい》となった俺と綾瀬さんは、どちらも思春期真っ盛りの男女。同じ屋根の下で毎日のように顔を突き合わせている。

そんなふたりの初めての夏休み……。

これが物語によくある義理の兄妹だったたら、定番のイベントが満載だっただろうと断言できる。

プールに海に夏祭りに。

一緒に遊びに出かけたりして、さらなる親交を深め、心拍数の上がるような出来事のひとつやふたつ起こったりするものだ。当然そうなる。ならなければならない。物語の世界ならば読者もそれを期待しているものだから。

だが現実はどこまでも現実でリアルでありフィクションではなかった。俺と綾瀬さんの間には、そういった浮ついたイベントはいっさい起こらなかった。

少なくとも9月を目前にした8月の終わりまでは何も。俺と綾瀬さんの関係にこれといった進展はなく、坦々《たんたん》と日々は過ぎていた。

ただ、ふたりで過ごす時間は、学期中と比べたら間違いなく増えていた。

何故《なぜ》なら――

「お疲れ様です。浅村さん」

「お疲れ様です。綾瀬さん」

互いに顔を合わせて、まるで知り合ったばかりの他人のように、そう呼び合う。

俺と彼女はこの一ヶ月、同じ時間に、同じバイト先で働いている。

●8月22日（土曜日）

夏休みも後半の土曜の朝。窓の外で蝉《せみ》が五月蝿《うるさ》いくらいに鳴いている。

朝食の卵焼きを箸でつつきながら、俺はふと思う。夏休みの週末は休日に休日が重なることになるわけで、なんとなく損をした気分になるな、と。

四十日間に存在する土日を、ぜんぶ夏休み明けに振り替えてくれないものか。

それほど無茶《むちゃ》な願いだとは思わない。祝日が日曜日に重なれば月曜日に振り替えられるのだから、夏休みに重なった土日——というのが欲張りならば、せめて、日曜日だけでも夏休み明けに振り替えてくれていいはずだ。だろ？

俺は、小学生のときから感じていたそんな思いを、食卓の話題に出してみた。

「すでに一ヶ月も休んでいるのにさらにそこまで休んで、何かやりたいことがあるのかい？」

呆《あき》れたように親父《おやじ》に言われて、俺は箸を止めて考え込む。

「——いや、とくにないけど」

「なんだいそりゃ」

「なんとなく損をした気分になるんだよ」

「若いねぇ」

「この話題に若さは関係ないような」

「僕くらいの年齢になると、いざ休日がポンと置かれてもとくにやりたいことが思い浮かばないんだよねぇ」

「ちょ、亜季子《あきこ》さんの前で……。家族サービスとか、気の利いたことは言えないのか？」

「うふふ。悠太《ゆうた》くんは気が利くのねえ。太一《たいち》さんと違って」

そう言ったのは親父の向かいに座って上品な所作で卵焼きを摘《つま》む亜季子さんだった。

二ヶ月前に親父と再婚した亜季子さんはつまり俺にとって義母《ぎぼ》ということになる。

亜季子さんの仕事は、バーのバーテンダーで、それゆえに出勤は夕方からで、帰宅は深夜になることも多かった。一方の親父はふつうのサラリーマンだから、朝が早く帰宅はそこまで遅くはならない。

新婚だというのに、休日以外にはすれ違うことの多い夫婦だった。

だからこうして親父と亜季子さんが顔を合わせて朝食を食べているのを見ると、ああ、今日は休日だったっけ、とことさらに俺は感じるわけだ。

「でもね、悠太くん。ものは考えようなのよ？」

「考えよう、ですか」

「例えば、今日は土曜日で休日だけれども、夏休み中の悠太くんにとってはいつもと変わらないふつうの日でしょう？」

亜季子《あきこ》さんの問いかけに俺は素直に頷《うなず》いた。

夏休みのような長い休暇というのは確かに曜日の概念が薄れがちになる。７月の終わりならばいざしらず、もう一ヶ月この生活が続いているのだからなおさらだ。

「だけど、実は平日ではなくて今日は土曜日。悠太《ゆうた》くんは相変わらずバイトが入っているのよね？」

「ええ。今日もこれからフルタイムで入れているので昼前には出ます」

「お疲れ様。で、ね。昨日と同じように今日も出勤したとするわね」

「はい」

「でも、今日は実は土曜日なのだから、出勤すれば休日手当がついてお給金は上がります！　すごい！」

亜季子さんが高らかに宣言した。

「えっ。……えっ？」

「ふつうの日だと感じながら、いつもよりたくさんお給料をもらえるのよ。これはすごくお得でしょ？」

「あ。はい。なる……ほど？」

「夏休みの土日が土日じゃなくなったら、休日手当はつかないのよ。そう考えたら、いまの夏休みの在り方が一番でしょう」

そう言われると、なんだかお得な気がしてきた。

微妙に論理に矛盾があるはずなのに、裏表のなさそうな亜季子さんの天然な声を聞いていると脳が信じてしまいそうになる。

「はあ。浅村《あさむら》くん、騙《だま》されてる」

たまりかねたように口を挟んだのはそれまで箸を動かすだけだった綾瀬《あやせ》さんだ。

「やっぱり？」

「うん。その理屈なら、昨日まで浅村くんは平日のお給料で休日出勤してたって考えてもいいでしょ」

「ああ……。そうか」

綾瀬さんの指摘はこういうことだ。夏休み中の平日は「ふつうの日」じゃなくて、そもそも「休日」でしょう、と。そういう見方をすると、お得どころか、七分の五は損をしてることになる。

あっさりと納得させられそうになったのは、夏休みの土曜日はいつもと変わらないふつうの日でしょう、と亜季子さんが会話の最初で俺自身に「ふつうの日」の定義をさせたからだ。思考誘導、恐るべし。

「気をつけて。お母さん、詐欺師になれるタイプだから」

「まあ、ひどいわ沙季《さき》。母親になんてこと言うの？」

「娘だから正体を知ってるんでしょ。その気になれば、ひとを煙《けむ》に巻くのも朝飯前とかね」

「思い出すなあ。亜季子《あきこ》さんは、僕がどんなに落ち込んでても、いつもとても上手に励ましてくれたからね」

綾瀬《あやせ》さんの言葉を受けるように親父《おやじ》がそんなことをしみじみと言ったけれど、親父、今の流れでそれを言うと、自分はうまくあしらわれていました、って意味にならないか？

嬉《うれ》しそうに語っていいのだろうか。

しかし確かに目の前の女性は渋谷《しぶや》の繁華街で長年バーテンダーを務め続けている接客のプロ。俺や親父ぐらいは手のひらの上で転がせるんだろう。

それはさておき。

「休日に働かされていると考えると辛《つら》くなりますけど、いつものようにバイトに出ているだけなのに何故《なぜ》か少し給料が上がる、と考えたほうが精神的には良さそうです。そう思っておくことにします」

そう返すと、亜季子さんは柔らかく微笑《ほほえ》んだ。細い手を差し出して言う。

「悠太《ゆうた》くん、お味噌汁《みそしる》、お代わりする？」

「はい。お願いします」

「あ、私がよそう。ちょうどこっちも欲しかったし」

亜季子さんよりも先に綾瀬さんが立ち上がって素早く俺のお椀《わん》をさらっていった。

「ありがとう」

「どういたしまして」

「沙季《さき》ちゃん。僕のも頼めるかな」

「あ、はい」

親父の空になったお椀を、綾瀬さんはお玉をもったまま振り返って受け取った。そのまま流れるような動作でお椀をお盆の上に載せておくと、IHのスイッチを入れ、お玉でさらりと味噌汁をかき混ぜる。汁に熱を通して温め、沸騰させる前に電源を落とし、もういちど軽くかき混ぜてからそれぞれのお椀によそった。

「ありがとう、沙季ちゃん」

「これくらいは、どうってことないです。はい、浅村《あさむら》くん」

「ありがとう、綾瀬さん」

最後に自分の前にお椀を置くと、綾瀬さんはふたたび座って食事を再開した。

「相変わらず沙季ちゃんのお味噌汁は美味《おい》しいね」

親父が目を細めながら嬉しそうに言った。

休日の朝食は亜季子さんと綾瀬さんの合作だけれど、味噌汁は今日も綾瀬さんの担当だ。

本日は長葱《ながねぎ》と油揚《あぶらあ》げのお味噌汁という定番中の定番だった。油揚げは汁を吸いこんで柔らかく、葱のシャキシャキ感との食感の違いが楽しい。

「うん。綾瀬《あやせ》さんのお味噌汁《みそしる》は本当に美味《おい》しいよ」

「……ありがとう、浅村《あさむら》くん」

綾瀬さんが躊躇《ためら》うように間をあけてから言った。そんな綾瀬さんを見て、亜季子《あきこ》さんがふわりと微笑《ほほえ》む。

「うふふ。すっかり仲良くなったわね」

「そうだねえ」

目を合わせて微笑みあう親父《おやじ》と亜季子さん。たっぷり数秒も見つめ合っているふたりを見ていると俺はほっとする。俺の幼い頃の食卓の思い出なんて、怒鳴り合う声か静かでもぎすぎすした会話、そして冷めた食事だけだった。

それがどうだろう。今目の前にあるのは砂を吐いてしまいそうな甘い言葉を言い合う、おしどり夫婦の姿だ。からかわれるとむずがゆいものを感じるが、まだしも我慢のしがいがあるってもの。綾瀬さんもうんざりした表情を作りつつも、それで席を立ったりしないのだから、俺と同じ気持ちなんじゃなかろうか。

「でも悠太《ゆうた》も沙季《さき》ちゃんも、いまだに苗字《みようじ》で呼び合ってるんだなあ」

不意に親父がぽつりとそう零《こぼ》した。

亜季子さんも、ちらりと綾瀬さんを見る。

「まだ、名前で呼ぶの恥ずかしい？　『ゆうた兄さん』とかでもいいのよ？」

なるほど、と俺は亜季子さんの提案に心の中で感心してしまう。これが経験の差というものか。甘ったるい声で「お兄ちゃぁん♡」などと呼ばれるのはまるで想像できないが、かつ兄妹《きょうだい》っぽい「ゆうた兄さん」あたりならば「ゆうたさん」と呼ぶのとさほど変わりはなくて、かつ兄妹っぽい——ような気がする。妹などいたことはないので感覚でしかないが。実に穏当な呼び名ではないだろうか。

けれど、綾瀬さんはそんな亜季子さんの言葉に静かに首を横に振る。

「別に恥ずかしくはないけど。しっくりこないから……」

「そう？」

「そう」

「まあ、そうね。『浅村くん』だったら、紛らわしくないものね」

「紛らわしい？」

なにげない亜季子さんの言葉が引っかかり首を捻《ひね》る俺に、横から親父が口を挟んできた。

「付き合うまで、亜季子さんは僕を『浅村さん』と呼んでいたんだよ。家の中でね。沙季ちゃんの中では『浅村さん』といったら僕、『浅村くん』といったら悠太って分けて認識したほうがわかりやすいんだと思うよ」

親父の言葉の後半は聞いちゃいなかった。

あ。と、俺は、途中から、思わず口を丸く開けて固まってしまっていた。

考えたこともなかったが、それはそうだ。当たり前だろう。親しき仲にも礼儀あり。ましてや客なのだから、接客業のベテランが、いきなり「太一《たいち》さん」などと名前呼びで距離感を詰めすぎるはずがない。

公共度の高い場所では「さん」付けがもっともフォーマルだと現代日本では認識されているがゆえに必然的に苗字《みようじ》にさんを付けて呼ぶことになる——って、ちょっと待て。

「えっ、じゃあ、親父《おやじ》も付き合う前は亜季子《あきこ》さんのことを……」

「そりゃ、綾瀬《あやせ》さんって呼んでたさ。当然だろう？」

「名前を呼んでくれるまですっごく時間かかったのよ、このひと」

「あっはっは。照れるねぇ」

赤面して頰《ほお》を搔《か》く親父。遅れてきた思春期の一幕としか表現できない様子は、見ているこっちまでむずむずしてくるからたちが悪い。

休日の朝から新婚夫婦を見せつけられた。でもまあ、こういうのが幸せな家庭というものなのだろう。

ふと顔をあげて綾瀬さんを見れば、眉をちょっとだけ寄せて困ったような表情を見せたけれど、すぐにいつもの顔に戻って食事を再開していた。

おかげで俺も平静を取り戻すことができた。

ありがとう、綾瀬さん。

食後の珈琲《コーヒー》をカップに注《つ》いで俺はみんなの前に配った。

食事の支度をぜんぶ任せてしまっている以上、これくらいはやって当然だと思った。

親父と綾瀬さんはブラックだけど、亜季子さんはミルクをちょっぴり垂らすように入れる。小瓶に取り分けてあったミルクを俺は亜季子さんのほうへと滑らせた。

「ありがとう、悠太《ゆうた》くん」

「どういたしまして」

ちなみに俺はそのときの気分なのでけっこう適当だ。

珈琲といえば、ここ一ヶ月の我が家の珈琲はブラジルサントスかブルーマウンテンブレンドのどちらか。集中力を高める香りらしい、などとどこで聞きかじったものか、親父が大量に購入したものだ。一ヶ月前の綾瀬さんの再テストのときに。まだまだ残っていて、今もこうして飲み続けている。

夏休みの宿題をそうそうに終わらせてしまえたのは、バイト漬けになるとわかっていたからか、それとも親父の買ったこの珈琲のおかげか。

「でもまさか沙季《さき》が悠太くんと同じバイト先に行くなんてねー」

「その話、何度目なの、お母さん」

「だって意外だったのよ?」

「バイトは初めてだし。身近な人に仕事を教えてもらえれば効率良く覚えられるでしょ。本も読みたかったし、もう少し現代文の点数を上げたかったから。それだけ」

亜季子《あきこ》さんが不思議がって綾瀬《あやせ》さんがそんなふうに返すやりとりも、夏休みに入ってからもう三度目か四度目か。

亜季子さんには不思議に思えるようだが、綾瀬さんとしては、休み前の現代文の再テストがよっぽど応えているってことなんだろうな。

『短時間で簡単に稼げる』を目指していたはずの綾瀬さんがまさか労苦の割に稼ぎの薄い書店のバイトをやるなんて、確かに俺も不思議には思った。俺みたいに根っからの本好きというわけでもなさそうだし。

だから、夏休みを翌日に控えたあの日、バイト先の書店でちらりと綾瀬さんの姿を見たときには目を疑った。そのときまで綾瀬さんからバイトしたいとも、バイトをするとも聞いていなかった。

なぜ黙っていたのかすぐに確認したかった。けれど仕事中に抜け出すわけにもいかず、仕事をしつつも頭のなかには疑問符が躍りまくっていた。焦らされた割には帰宅してすぐに教えてもらえたから、拍子抜けではあったけれど。

どうして事前に相談しなかったの？という問いへの綾瀬さんの答えはごく単純だった。

『求人に応募して落ちたら恥《じ》ずかしかったから』

ドラマ性の欠片《かけら》もない理由である。

まあ、簡単そうに思えるバイトの面接に落ちたら恥ずかしい、という気持ちは俺にもよくわかる。

珈琲《コーヒー》をゆっくりと飲みながら、俺は綾瀬さんから『明日から浅村《あさむら》くんと同じとこでバイトだから』と告げられた晩のことを思い出していた。

「しかし、ふたりともそんなに働いてばかりでいいのかい？」

「心配されなくても夏期講習も行ってるよ。自分のことは自分でできるって言ったろ」

二年生にもなれば早くも受験の存在を意識せずにいられない。特に俺の通う水星《すいせい》高校は都内でも指折りの進学校であり、親友の丸友和《まるともかず》のように部活に勤《いそ》しむ生徒以外は模試やら夏期講習やらの話題で持ち切りだ。

ちなみに綾瀬さんは夏期講習に参加していない。

有名な予備校が主催するそれはある程度まとまったお金がかかることもあって、受講するには家の貯金に頼る必要があったからだ。親父《おやじ》はさんざんそれくらいの余裕はあるよと説得していたが、結局、彼女の頑固さの前に折れていた。

あくまでも独学で有名大学入りを目指すと言い、そこに一切の妥協や甘えを差し挟ませないのだから綾瀬沙季《さき》という人間の気骨《きこつ》には尊敬を禁じ得ない。

「夏期講習？　ああ、それはどうでもいいんだけどね」

と、親父《おやじ》は信頼ゆえに（と信じたい）我が子の真面目な勉強姿勢をあっさりと流して、斜め上の心配を口にした。

「悠太《ゆうた》も沙季《さき》ちゃんも夏休み中にどこかへ遊びに行った様子がないじゃないか」

「そっちかよ」

俺も綾瀬《あやせ》さんもほぼ毎日忙しそうにしているし、おかげで今日みたいな一家の団欒《だんらん》も月にかぞえるほどしかなかった。

とはいえ親が勉強の話題を差し置いて切り出す内容とも思えないのだが、親父は殊《こと》の外《ほか》真面目な目で言う。

「大事なことだぞ。大人になったら遊ぶ時間なんてなかなか取れないんだ。学校の友達との甘酸っぱい青春は今だけの宝物だよ」

「ついさっき現在進行形の青春を見せつけられた気がするけど」

「僕らのは大人の恋愛だろう」

親父夫婦を見ていると、子どもと大人の違いとは何なのか？と哲学的な問いが浮かんでしまう。案外、言った者勝ちの世界なんじゃなかろうか。

「高校生と言えば、もっとこう、どこかへ旅行に行ったり、お祭りに行ったり。遊びたいとか、思うものじゃないのかい？」

「親なら遊んでばっかりでいいのかって言うところじゃないのか、そこ。それにバイトは半分遊び感覚で楽しんでるし」

俺が呆《あき》れたように言うと、親父は首を横に振った。

「楽しんでると言ってもバイトはバイト。結局は仕事であって遊びじゃないだろう？」

「そりゃ、そうだけど……」

しかし、高校生が夏休みにするバイトなんて、世間の大人たちから見れば、遊んでいるように見えるのではなかろうか。そういうニュアンスで語る大人がいることを俺は知っている。

だがこの父親に限っては、そうではないらしかった。

「三年生になったら受験に集中しなくちゃいけないだろうし、もうちょっと遊んでもいいと僕は思うよ」

「そうね。沙季も、ちょっと根を詰めちゃうところがあるから心配だわ」

ふたりそろって世間様とは別ベクトルの心配を始めた。薄々気づいていたが、この夫婦、かなりの似た者同士である。

「それに友達だって、悠太たちと遊べなくて寂しがっているかもしれないよ」

友達、ねえ……。

親父の言葉に反応して俺の脳裏に浮かんだのは、眼鏡をかけた筋肉男の姿だった。

「といっても、寂しがってくれる友人がそもそも少ないし、その数少ない友人が部活地獄だからね……」

親父《おやじ》の言葉に内心で苦笑を浮かべつつ答える。

親友である丸友和《まるともかず》は野球部所属の二年生にして正捕手である。夏休みであっても練習のない日がない。それどころか合宿もあるし、他県にまで出向いての練習試合まである。当然ながら俺と遊んでいる時間も余裕もありはしなかった。

『長い休みはありがたい。授業のある日よりも練習できるからな！』

にこりともせずにそう言ってのけるからこそ、二年で正捕手になれるのだろうな。

丸の言葉を思い出しつつ、俺は綾瀬《あやせ》さんのほうを窺《うかが》った。

「俺はともかく、綾瀬さんの友達はアグレッシブに誘ってきそうだけど」

「予定はないよ」

あっさり否定されてしまった。

俺が知っている綾瀬さんの友人といえば奈良坂真綾《ならさかまあや》さんだけれど、彼女は丸と違って部活地獄だという話は聞いていない。それに奈良坂さんは面倒見がよくて、綾瀬さんのことはとりわけ気にかけているように見えた。そんな彼女が長いこの夏休みに何も誘ってこないとは思わなかった。

あまりにさらりと流されてしまったので、それ以上を問うこともできず、少し気にはなったがその場はそのまま会話が途切れてしまい、けれど、部屋でバイトの準備をしているとノックの音が響いた。

扉を開けると、綾瀬さんが開口一番にさらりと告げてきた。

「真綾のことなら、気にしないで。夏休みに遊んだりするような間柄じゃないから。浅村《あさむら》くんも、そのつもりでいて」

俺は言葉に詰まった。機嫌を損ねたのかと思ったくらいぶっきらぼうに言われ、思考が氷漬けにされる。

「待って、綾瀬さん」

「……なに？」

そのまま踵《きびす》を返して部屋に戻ろうとする綾瀬さんを俺は反射的に呼び止めていた。

しかし呼び止めたはいいものの続く言葉が出てこなかった。自分が何に引っ掛かりを覚えたのか、自分でもうまく言語化できないが、彼女の態度にとっさに危うさを感じたのだ。

直感は大抵当たる。ここで看過するのは得策とは思えなかった。

すれ違いの芽は早めに摘むに限る。

友達だからって、休日に必ず遊ぶ必要はないし、綾瀬さんが遊ぶ時間よりも自己研鑽《けんさん》に時間を使うタイプなのは三ヶ月も同じ家で過ごした俺にはよくわかっていた。

かといって彼女は、全く他人と付き合わない、というわけでもない。奈良坂さんが下校途中に我が家に寄ったときには俺も含めて三人でゲームをして遊んだし、勉強を教えにやってきて、ついでに夕飯の準備まで助けてくれた。

その距離感を考えると、綾瀬《あやせ》さんと奈良坂《ならさか》さんの距離が突然離れてしまったかのように思えたのかもしれない。

「ごめん」

「えっ」

呼び止めた癖に思考に没頭してしまった俺は慌てて顔をあげた。綾瀬さんが少し表情を和らげながら言う。

「別に怒ってるわけでも機嫌を悪くしてるわけでもないから。気にしてたらごめん。でも、真綾《まあや》とはもともとそんなに遊んでるわけじゃないのはホント」

「何度かうちに来てたけど」

「そりゃあ浅村《あさむら》くんに興味津々だったし。あとはこの前みたいに私から誘ったときとかね。あの子、面倒見がいいから」

そういえば奈良坂さんは弟がいっぱいいるとか言ってたっけ。

彼女は、俺や綾瀬さんのようなひとりっ子とは逆に、他人のお世話をすることが習い性になっているのかもしれないな。

「逆に言えば誘わなければ何もなし。お互いにね」

「あー。まあ、その感覚もわからなくはない、か。俺もそんなに他人と仲良く遊ぶタイプでもないしなぁ」

「孤独が好きなの？」

「孤独のほうが好き、かな」

ひとり遊びが得意なタイプと言おうか。その気になれば何時間でもひとりで過ごせるし、苦痛に思わない。むしろ他人といると気疲れしてしまう。子どもの頃、もっとも身近にいた人間が四六時中を不機嫌そうに過ごしていて、俺は家の中に居ても常に彼女がそれ以上機嫌を悪くしないように気を張っていなければならなかったから。

家庭とは俺にとっては安らぐ場ではなくて。だからだろうか、俺が逃げ込むように読書に没頭するようになったのは。

ひとりでも大丈夫、ではない。

ひとりでいるほうが——正直に言おう——気楽なのだ。

「浅村くんもそうなんだ。そっか。じゃあ、この話はこれでおしまい、ということでいいよね」

「だね」

「じゃあ、私、バイトの支度をするから。それと、今日はちょっと寄るところがあるからけっこう先に出ると思う」

「わかった」

俺は頷《うなず》いた。だが、違和感は消えなかった。

綾瀬《あやせ》さんの言動に嘘《うそ》、とまでは呼べないものの、おかしなことがあるような気がしていた。彼女が自分の部屋に戻ってからも俺はしばらくそのモヤモヤした感情の正体について考えてしまい、そしてふとひとつだけ思い至った。

なぜ綾瀬さんは、わざわざ俺の部屋を訪ねてきてまで、奈良坂《ならさか》さんと夏休みに遊びに行くようなことはない、なんて念押しするように言ってきたんだ？

昼少し前に俺は家を出た。

今日は午後早くから夜までのシフトだ。

駐車場の片隅に自転車を停《と》めてから時間を確認すると、まだ入りの時間までは三十分ほども余裕がある。

「といっても、外に行くほどの時間はないか……」

売場を眺めて暇を潰すかと決める。

ふつうの客と同じように入り口から入った。

書店というのはどこも同じような造りをしている。

入ってすぐ、もっとも目立つところに平台があり、そこに新刊や話題の本が表紙を見せて山と積まれている。素通りしていく客が多いように見えるけれど、それは行き来の激しい場所だからで、今もサラリーマンと思《おぼ》しき四十半ばほどの男が、ちらりと視線を走らせてからスポーツ雑誌のコーナーのほうへと歩いていった。あの短い時間、視線を注がれるだけでも充分な価値があるものなのだ。

店の入り口がひとつしかない場合は、その近くにレジもあるはずだ。言うまでもないが、買い物を済ませた客にとって重要なのは、店からすぐに次の場所へと移れることで、支払いを済ませた後まで延々と店内を歩かせるストレスを抱かせるのは避けねばならない。

新刊や話題書のコーナーを過ぎれば、その先は動きの多い本から順に、店の奥に行くにしたがって滅多《めった》に買っていかれない動きの少ない本という順番で並んでいる。

売れている本ほど目立つところに置け、だ。

どんな店にも、分野ごとに商品の配置というものに、ある程度の理屈があって並べられている。バイトの先輩が教えてくれたことだけれども、俺もその理屈を聞いてなるほどと思ったものだ。

そういえば、と俺はバイトを始めた頃のことを思い出した。

『でも、読売《よみうり》先輩。書店って、その大切な配置をけっこういじっちゃいませんか？』

書店にもよるけれど、大体半年から一年ほどでコーナーごと別の場所に移ってしまってたりして閉口させられることがある。なぜか大きい書店ほど、いつもどおりにしておいてくれなくて。図書館ならば絶対にありえないことだった。

『あれ、困るんですよね。覚えていた本がどこかに行っちゃって』

書店に通う本好きならば誰もがいちどは感じる不満をぶつけてみた。

『うん。だからだよ』

謎めいた言葉を読売《よみうり》先輩は返してきたっけ。

『は？』

『いま、後輩君が言ったとおり。覚えちゃってるから変えるんだ』

『どういうことですか？』

『正確に言うと、覚えてると思いこんでるから、かな。人間ってのはね、見ていても細かいところまで実は覚えていない。後輩君、この本棚のココ、何の本が入っていたか覚えてる？』

そう言って、文庫の棚の一角をつんつんと叩《たた》いた。どうやら売れたばかりらしく、一冊分のスペースが空いている。ラノベのコーナーだから何度も見ているはずなのに、俺はその場所にあったはずの本を思い出すことができなかった。

『正解はコレ』

補充で入ってきた文庫の一冊を掲げて表紙を見せてきた。レーベルの中でも売れてるほうに入る一冊だ。イマドキにしては珍しい短編が得意な作家の一冊だった。もちろん俺も読んだことがあるし、言われてみれば空いているスペースの左右は同じ作家の本が並んでいるのだから気づいてもよかったはずだ。シリーズ物ではなかったとはいえ。

『あー、コレでしたか』

『でもキミは今、ココの棚を見て、いつもと違うな、とは思わなかったでしょ？』

『それは……たしかに』

『つまり、棚の中身まで覚えてない。でもキミの脳は、いつもどおりと思っちゃってるわけだよね。人間も動物だからね。動物って、異常なしと感じると注意力を落としちゃうものなんだ』

先輩の言葉を聞いて俺は唸《うな》ってしまった。目の前で自分を使って証明させられたばかりだったので説得力もひとしおだ。先輩が小さくにやりと微笑《ほほえ》んだのも見逃さない。一見、楚々《そそ》と一歩引いて振る舞う和風美人に見えるけど、相当の曲者《くせもの》だこのひと、と思った。

『そういうことですか』

『うん。そういうこと。いつもと同じだから見なくてもわかる。そんな思い込みを崩したいわけなんだ。だから本棚の配置は時折り大きく変える。そうすれば、どこに行ったんだろうって注意力を上げながら探し回るでしょ？　図書館とちがって書店は商売なの。平台の新刊しか見なくなっちゃうなら、平台以外のスペースは無駄ってことになる。本屋の棚ってのは動かさないと死んでしまうのだよ。棚を淀《よど》ませて腐らせて消えてしまった本屋をわたしは幾つも知ってるよー』

『哲学的で含蓄ある解説ありがとうございます、先輩』

『カッコいいでしょ？』

『まるでRPGに出てくる百年生きてきた白ひげのお爺《じい》さんみたいでした』

『むう。微妙にカッコよくないよう』

唇を尖《とが》らせてむくれられてしまったのだった。

そんな先輩の言葉を思い出しつつ、俺は平台の新刊書から順に眺めていく。

書店というのは人類の知の資産のショーケースだと思う。さらに新刊書には時代の流れがそのまま反映されていて、タイトルや表紙を眺めているだけで肌で実感できる。お気に入りの時間潰しの方法だった。

平台を通り過ぎると、俺はそのままぐるりと店内を一周し始める。新刊書をチェックしつつ、棚差しの背表紙にもざっと目を通しておく。こうして売場の様子を把握しておくと、いざバイトが始まったときに、お客さんの問い合わせに対応しやすくなって一石二鳥というわけだ。

ひととおり見て回って、さてそろそろ制服に着替えるかと思ったところで、ぽんと突然うしろから肩を叩《たた》かれた。

「や、後輩君」

振り返ると、私服姿の読売栞《よみうりしおり》先輩が立っていた。

「先輩。驚かさないでくださいよ。心臓が止まるかと思いましたよ」

「キミ、そんな繊細な心臓、もってたっけ?」

「こう見えてもそこそこ」

「見せてくれれば信じてあげよう」

「ちゃんと元通りに返してくれるなら、見せてあげてもいいです」

そう返したら先輩が嬉《うれ》しそうに笑った。

「シェイクスピアか。血を流さずに心臓を取り出すことができないくらいはわたしも知ってるよ。じゃあ、言われたとおりに信じるしかないね」

「助かります」

あらためて読売《よみうり》先輩を見ると、今日は細身のデニムにノースリーブの白のトップスという格好で、長い黒髪を軽く後ろでまとめていた。襟足がすっきりしていて涼しげな見た目をしている。

「んで、今日は随分とお早いお出ましじゃない?」

「先輩こそ早いじゃないですか」

このひと、確か今日は俺や綾瀬《あやせ》さんと同じ時間に入りのはずだったけど。

「家にいても退屈なだけだし。ここ、冷房効いてるし。少し売場をぶらぶらしてから事務所に入ろうかなーって」

「暇なんですか」

「大学生なんてそんなもんだよ」

「ゼミとかサークルとか研究とか」

「あーあー聞こえなーい。聞こえなーい」

「小学生みたいな反応しないでください。いったいいくつなんですか、いま」

「大は小を兼ねるってことわざがあってだね、後輩君」

「屁理屈《へりくつ》の内容は中学生ですね」

「三つ子の魂百まで。何歳になっても意外と中身は変わらないものなのだよ」

「深そうなこと言ってますけど、ただぐうたらな大学生活をごまかしてるだけでは……」

「後輩君だって大学生になればわかるよう。高校生が思ってるほど、大学生は大して大人じゃないからねぇ」

そう言って、にへらと笑う読売先輩。

台詞《せりふ》への説得力が違った。

「ところで今日は妹ちゃんは？」

「さて……まだ来てないですか？　先に出たからそろそろ来るとは思うんですけど」

綾瀬さんとはいまだにバイト先のこの店まで一緒に来たことはない。やはりそこは学校での関係と同じく一線を引くべきだろうと話していて、俺もそれに同意している。

兄妹《きょうだい》であることがバレて何かマズいことがあるわけではないし、そもそもバイト先には履歴書を提出してあるわけで、俺と綾瀬《あやせ》さんが兄妹なのは店長だって知っている。

ただ他の店員たちにはことさらに吹聴《ふいちょう》していないだけで。

それに俺は自転車をもっているけれど、綾瀬さんは徒歩だ。一緒に通うためにはどちらかがどちらかに合わせなければならないわけで、俺も綾瀬さんもそういう気の遣い方は好きじゃなかった。

「でもまさか妹ちゃんまでここにバイトに来るなんてねー。って、どしたの、その顔」

「いえ……先ほど家族で似たような会話をしたばかりで」

みんな、そんなに綾瀬さんが書店でバイトをすることが不思議なんだろうか。

俺がそう言うと、読売《よみうり》先輩はなにやら考えこむ顔つきになった。

「書店でバイトってところが不思議なわけじゃないと思うけどね。まあ、でも遊びたい盛りだからねー高校生って。妹ちゃん、後輩君に負けず劣らずのバイト三昧に見えるから」

「そう、ですかね。そういえば先輩はこの夏、どこか遊びに行ったりしてますか？」

「んん？　わたし？　そりゃもう、エッグい水着を着て海に繰り出してナンパされるＪＤ《女子大生》ムーブだよ」

ふふんとそこで胸を張らないでいただけますかね？

エグい水着って、どんな水着なのやら。まあ、客観的に見て読売先輩は綺麗《きれい》な女性だとは思う。黙っていれば楚々《そそ》とした黒髪ロングの和風美人に見えるし。中身はほぼおっさんだけど。

「海、ですか」

「なに、その嫌そうな顔は」

「いえ……。ひしめく人波しか思い描けなくて」

本州の海岸で人混みを避けて泳げるものなんだろうか。そもそも陰キャな俺には人混みというだけでだいぶハードルが高い。

「泳ぐために行くわけじゃないからいいんだって」

「ナンパされるために行くんですか？」

「そうそう」

「そんなにナンパされると良いことあるんですか」

「只《ただ》でご飯が食べれる」

「稼ぎがないわけじゃないのに……」

書店のバイト代では高が知れているだろうけど。基本的に書店業というのは利幅の薄い商売だからして給料も安い。たとえ正社員だろうとも。いわんやバイトにおいてをや、だ。

「おや、只飯はお嫌いかな？」

「只飯というか、他人に借りを作るのがちょっと。それに、奢《おご》られるってことは、自分で稼げていないって言われてるようで、あまり愉快ではないですね」

世の中はギブ&テイクで成り立っていると思う自分には、一方的に奢《おご》られるという行為に関して不信感しかない。只《ただ》ほど高くつくものはない。それならば自分で稼いだ金で食べる飯のほうが何倍も美味《おい》しい。

「まあ、そういうところが後輩君のいいところか。でも、ぴちぴちのJDの水着姿を拝めるんだから只ではないでしょ」

「ぴちぴち……言葉が既におっさんです。枯れきってませんか、それ」

「わたしを干物JDだとおっしゃるか」

「言いませんけど」

思ってるだけで。

「何を考えてるかわかるよぅ」

「すいません」

「ちなみに」

唇の前で人差し指を立て、読売《よみうり》先輩は悪戯《いたずら》に成功した猫のような顔で言う。

「ここまで話したこと全部嘘《うそ》」

「……全部?」

「そう全部」

「いったい何の意味があってそんな嘘を？」

「特に意味などない！」

力強く言い切られてしまった。

しかしいざ嘘とわかってから読売先輩を見てみると、確かに見抜いて然《しか》るべきだったかもしれないと反省する。

剥《む》き出《だ》しの細い腕も美人な顔も相変わらず真っ白で、日焼けの痕跡など少しも見えないのだから。

「まあ、冗談はさておき。そろそろ時間になるから着替えようか」

読売先輩とはバックヤードで別れた。無人の男子更衣室でひとり着替えを済ませ、仕事用の服装になった。

事務所に入ろうとすると、女子更衣室からちょうど読売先輩とともに綾瀬《あやせ》さんが出てくるところだった。しっかり時間どおりに来ていたらしい。

夏休みに入ってから何度も見る綾瀬さんのエプロンスタイル。家や学校での彼女とは違って、機能性重視の簡素なリボンで長い髪を一本にくくっている。細長い金髪がなびく様子は気高い名馬の尻尾のよう。書店員の基本的な制服姿と派手な髪のミスマッチのせいか、風景の中で妙に浮いていて、見慣れていてもなお自然と目が吸い寄せられてしまう。

一瞬、目が合った気がした。

しかしその時間は一秒にも満たず、彼女はすぐに目線を切った。

駄目だ、いい加減に慣れないと。そう自分に言い聞かせ、俺は居住まいを正した。

あまりジロジロ見られたら綾瀬《あやせ》さんだっていい気分じゃないはずだもんな。


土曜日でもあり夏休みでもあるからか、昼から店内はそこそこ混んでいる。

それでも、いちど客足が引く時間があった。時間でいえばちょうど午後の3時あたり。

レジを打ち終わった綾瀬さんがにこやかに「ありがとうございました！」と客を送り出すと、並ぶ人の姿がなくなって、レジの内側にいた俺と綾瀬さん、読売《よみうり》先輩が揃《そろ》ってほっと一息ついた。

「しっかし、まだ一ヶ月なのに綾瀬さん、すっごく飲み込みが早いね！」

「そうですか？」

「うん。後輩君のときも賢くて凄《すご》い子が来たなーって思ってたけど、綾瀬さんはそれ以上かも」

本気で凄いと思っている口調だった。実際、俺もその意見には同感だ。レジ打ちも接客も完璧。すでに俺がフォローする必要などないくらいだった。それも一ヶ月どころか、勤め始めて一週間後にはほとんどの業務を覚えていたほどで、俺は自分がそこまで早く馴染《なじ》んでいた記憶はない。

そういえば、と俺はそのときふと思った。

読売先輩は俺の前だと綾瀬さんを「妹ちゃん」と呼ぶが、店内だと「綾瀬さん」だ。そういうところはちゃんとした大人だと感じる。年齢じゃなくて精神的に。

「ありがとうございます」

綾瀬さんがにっこりと笑みを返した。

最近、家でのドライでクールな彼女を見ることが増えていたから、よそゆきのしっかりとした笑顔を見るのは久々だった。ファミレスで最初に引き合わされたときの、社交性が高そうな印象だった彼女に近い。

「でも、教えてくれる先輩の指導がいいからですよ」

「そういう返しができちゃうところも凄い」

「いえいえ。ほんとです」

「あの……」

「あっ、はい！」

レジの外からかけられた声に、さっと綾瀬さんが振り返る。完璧な笑みを顔に貼りつかせて客への応対を始める。

高齢の上品なご婦人で、どうやら漫画を探しているらしかった。

「レジ、代わろうか？」

「お願い」

俺にレジを頼んで、綾瀬《あやせ》さんは売り場へと出た。

すぐに戻ってくるかと思ったが、十分ほど経《た》っても綾瀬さんは帰ってこない。そのうちに客が並び始めて、気にはなったがレジから離れられなくなってしまった。

綾瀬さんは本だけではなく漫画もあまり読むほうではない。もしかして客と一緒に迷っているのかもしれない。

「レジは任せて。フォローしに行ってあげて」

心配が顔に出ていたか、読売《よみうり》先輩がぽんと背中を叩《たた》いた。

俺は後を頼んで売り場へと出た。漫画のコーナーを目指して歩くと、先ほど声をかけてきた客と一緒になって棚の前をうろうろしている綾瀬さんを見つける。

「綾瀬さん、どう？」

「浅村《あさむら》さん……」

振り返った綾瀬さんの眉が下がっている。困り果てたという表情。

隣にいるお客さんはかなりのお歳《とし》の様子で、どうやら孫に頼まれて買いに来たらしかった。つまり、そのおばあさんもあまり漫画には詳しくない。こちらも不安そうな表情を顔に浮かべていた。

探している本は今月出たばかりの新刊だった。アニメ化が決まったばかりで、売れ行き良好書扱いになっている。数多く仕入れているから売り切れているとは思えない。けれど見つからないのだという。

「出版レーベルからして、この棚で合ってるはずなんだけど……」

「検索は？」

ちらりと書店の片隅に置いてある機械へと視線を向ける。店内在庫はあの検索サービスでわかるはずだ。

「まだ五冊以上はあるって出てきた。でも……」

「この手前の平台にはないんだね？」

「ないの。それは確認済み」

ざっと状況を聞いて俺は考える。今月出たばかりの新刊なのに見つからないのはおかしい。しかも売れている本だけど記録上はまだ在庫アリとされているわけか。

しかしポップが躍る平台には、聞かされた題名の本は確かに見当たらない。

俺は棚差しの背表紙をざっと見渡した。棚ひとつが上から下まで該当するレーベルの漫画で埋め尽くされている。作家名のあいうえお順で並んでいる本を目で追っていくと、その作家のシリーズの別の巻は置いてあるものの新刊だけが抜けていた。棚差ししておいたぶんは売れてしまっているようだ。

「ないな……」

「ないの。絶対ここにあるはずなのに」

「ということは……ふむ。このあたりか……ここがあやしい」

平置きされている新刊本の一番上の一冊をどけてみる。

すると、その下からまったく別の本がひょこりと顔を覗《のぞ》かせた。探している新刊本だ。

「あ！」

「はい。これでしょ」

売り場の本はいろいろなお客さんが自由に触って、元の場所じゃない所に戻すことも多いのだ。今回もそのケース。平台に並べたのが俺か綾瀬《あやせ》さんだったらすぐに気づいたろうし、戻した客が乱暴に置いてくれればむしろ目立ったかもしれないが、きれいに重ねられてしまうとかえってわからなくなったりする。下に積まれていた冊数はちょうど五冊で、記録とも矛盾していなかった。

「すごい……！　どうしてわかったの？」

「まあ、勘、かな。それより、お客様が待ってるから」

「あ、うん。ええと……こちらでよろしいですか？」

振り返ってマンガを見せながら綾瀬さんは確認を取る。おばあさんは綾瀬さんが手にした本を見て嬉《うれ》しそうに微笑《ほほえ》んだ。

「ええ、ええ。間違いないと思いますよ」

「お買い上げはこちらの一冊だけで？」

頷《うなず》いたので、俺たちはおばあさんを伴ってレジへと直行した。会計を済ませると、一冊だけ買った漫画本を大切そうにバッグへとしまって、深々とお辞儀をしてから店を出ていった。

俺も綾瀬さんもほっと息を吐いた。

「見つけてあげられてよかった。でも、ほんとうにどうして……。超能力みたい」

「いや、全然すごくないよ」

種明かしをすれば、平積み新刊タワーの背もたれPOPには「8月2日発売！」というカードが貼られていた。しかし一番上に置かれていた本を発行しているレーベルは、その発売日ではないはずだったのだ。そこにあるはずのない本。俺には違和感があった。

「そんなの気づかなかった……」

綾瀬さんはそもそも漫画の発売日をさほど気にする性質《たち》じゃない。日頃から本漬けで、新刊を心待ちにしている俺とは違う。

「どこに気をつけるべきかわかってないとなかなかね。俺のほうが少しばかり経験があるからこれくらいは」

——動物って、異常なしと感じると注意力を落としちゃうものなんだ
いつかの先輩の言葉が脳裏を過《よぎ》る。脳が「ない」と思いこんでいると目に入っていても

見えなくなる。

「それでも凄《すご》いと思う」

「でも、読売《よみうり》先輩ならたぶんもっと早く見つけてる」

入れ違いに売り場に出てしまった読売先輩のことを思い出しながら言うと、綾瀬《あやせ》さんは「そう」とだけぽつりと言ってふたたびレジに立った。

客がレジの前に並び始めて忙しくなってきた。


月がビルの谷間に低く見えている。

8月をまだ十日ほど残しているこの季節、風は相変わらず生温《なまぬる》く、アスファルトからは昼の名残の熱が立ち昇って息苦しい。

時刻は夜の10時を回って、もうすぐ15分になろうとしていた。高校生の働ける時間は10時まで。しかもその時間に完全撤収だから実際には9時50分にはバイトは終わっている。それでも帰り支度を済ませてから店を出るとこの時刻だった。

俺と綾瀬さんはバイトを終えて並んで歩いていた。

互いに対して気を遣いすぎることを嫌う俺たちは、それゆえにバイト先には好きな時間に勝手に向かっている。なのに帰りだけはなぜ一緒なのか。

これにはわけがあって、実は亜季子《あきこ》さんからのたっての要望なのだ。遅くまでのバイトを許可する代わりに亜季子さんがひとつだけ出した条件。それが、夜遅いときはふたりの帰りを一緒にすること。渋谷《しぶや》の夜を女の子ひとりで歩かせたくない、という亜季子さんの親心だった。

綾瀬さんは最初は反対していた。女だからという理由だけで兄をボディガードとして縛り付けるなど、とんでもないと。

彼女に言わせれば、以前から職場にいる亜季子さんに会わなくちゃいけないときは深夜の渋谷をひとり歩きしていた、心配しすぎだ、というわけだ。

そういえば、以前に綾瀬さんが援助交際疑惑をかけられたことがある。あれは亜季子さんに会うために歩いていたのを目撃され、誤解されたんだろう。ようやく腑《ふ》に落ちた。

そして、綾瀬さんが俺の同伴を断った理由は、おそらくもうひとつある。

別々ならば自転車の俺はもっと早く帰れるからだ。綾瀬さんは自分の遅い歩みに俺を付き合わせるわけにはいかないと思っていたのだ。立場が逆だったら、俺もたぶんそんなふうに感じたことだろう。ギブ&テイクのギブは多めに、を信条にしている綾瀬さんだからなおのこと。

それでも結局は亜季子さんの提案を受け入れた。今はまだ実家に寄生してる身で母親をいたずらに心配させるのはただのわがままになる——と。

まあ、俺としても内心は少しだけほっとした。

幾ら本人がだいじょうぶだと言い張っても、夜の渋谷《しぶや》の繁華街を綾瀬《あやせ》さんひとりで歩かせたくはない。たまの一回を歩くのと、バイトでほぼ毎日歩くのでは、トラブルに遭遇する確率も違うだろうし。

そう言ったら綾瀬さんも、まあね、と返してきた。

とまあ、そのような経緯を経て俺と綾瀬さんはこうして並んで帰るようになったのだ。

顎をすべり落ちてくる汗を拭いつつ、俺と綾瀬さんは、人いきれの中を縫うようにして歩いている。それにしても今日は一向に涼しくならないな。

「まだまだ夏だね」

「もう秋なんだ……」

「え？」

「は？」

思わずふたりして立ち止まる。

綾瀬さんは俺のほうを見て呆《あき》れた顔をしており、俺は、そんな彼女の顔を見つつ疑問符を顔に浮かべてみせた。

綾瀬さんがしばらく俺を見つめた後に軽く頷《うなず》く。

「もしかして、この暑さの話？」

「もしかしなくてもそうだけど。そっちは？」

「あれだけど」

くいっと顎を向けたのは歩道脇のブティックの——ショー・ウィンドウ？

大きなガラスの向こうにマネキンたちが立ち並んでいる。

「あれが秋？」

「秋でしょ？　どこからどう見ても」

俺が首を捻《ひね》ったからだろう、綾瀬さんの呆れ顔は大きくなった。

「えっ、本気で言ってる？」

「ごめん。俺には、あのマネキンの着ている服が今の綾瀬さんとそこまで違うってわからない」

言われてみれば真夏という格好ではないのはわかる。ちょっと袖が長い、かも？

でも綾瀬さんだって、ニットのタンクトップの上からギンガムのシャツを羽織ってるしなあ。

「そういう問題じゃないんだけど。服の色も小物も今年の秋の流行《はや》りってされてるやつだから見てすぐわかるし。というか、真夏の服はさすがにもうだいぶ前から通りのマネキンたちに着せてない。なによりあの子たち、昨日まで違う服を着てたでしょ？」

「そうだっけ？」

「嘘《うそ》……」

「あ、いや、疑ってるわけじゃないよ。そうなんだろうな。綾瀬《あやせ》さんが言うんだから。だからそんな街中でゾンビかサンタに出会ったかのような顔をしないで欲しいんだけど」

「私としてはもっと珍しいものに出会った気分になってる。今ならゾンビかサンタに出会っても驚かなそう」

「そりゃひどい」

レッドデータアニマルかUMA扱いだ。マネキンが何を着てたかなんて憶《おぼ》えてるほうが特殊に感じるのは俺の視野が狭すぎるんだろうか。

「浅村《あさむら》くんって、あんまりファッションとか興味ないひとだっけ?」

「俺がファッション雑誌読んでるのって見たことある?」

服に費やす金があれば本を買ってしまうのが本好きというもの。第一、陰キャな俺には着飾ってみせたって見せる相手なんていないだろ? 綾瀬さんは俺の言葉に、言われてみればと大きく頷《うなず》いた。

「そうか……。ほんとに、興味ないとそこまで気づかないものなんだ」

「そうみたいだね」

「まあ、浅村くんはアパレルでバイトする気はなさそうだから問題ないか……」

「……うん? なんの話?」

「なんでも――」

ないよ、と言って綾瀬さんはさっさと歩みを再開してしまう。

彼女がいったい何に納得したのかわからないまま自転車を押して彼女を追いかけることになった。

そのあとの綾瀬さんは何故《なぜ》だか少しだけ機嫌がよかった気がする。

●8月23日（日曜日）

目が覚めたのは暑かったからだ。

枕元の目覚ましを見る。午前10時……3分、いや、いま4分になった。

8月もあと一週間しかないというのに、まだ夏が去りゆく気配はない。

屋内でも熱中症になるわよ、と亜季子《あきこ》さんに言われていたことを思い出し、慌てて部屋のエアコンを点《つ》ける。汗をかいていたので着替えてから、リビングへと続く扉を開けると、その途端に、むっとする熱気が体を包んだ。ちょっと息が苦しくなりそう。

見れば親父《おやじ》が脚立に乗ってエアコンを何やら調べている。亜季子さんが心配そうに親父を見上げていた。日曜日とはいえ二日続いて両親が同時にリビングにいるのは珍しいなと思ったが、もしかしてこのせいか？

親父がちらりと俺に視線を向けてきた。

「ああ、悠太《ゆうた》か。おはよう」

「悠太くん、おはようさん」

「おはようございます。ええと、もしかして、故障？」

「さっきから冷たい空気が出てこなくなってね。あれこれガタガタやっていたら亜季子さんを起こしてしまった」

「手伝おうか？」

「ああ。いや、まだ調べてる段階だよ。とくに何か直しているわけじゃないからね。そもそも、最近のエアコンは素人の直せるようなものじゃないし」

それもそうか。

親父はエアコンのエラー表示を見てはマニュアルと突き合わせて調べているところらしく、リモコン片手にスイッチを切ったり入れたり、運転モードを変えたりしているようだった。ただ、冷たい空気を吐き出す気配は見られない。

「このエアコンがいちばん古いやつだからなぁ。ダメだったら、思い切って買い替えたほうが良いかもしれないね」

「沙季《さき》の部屋に新しいのを付けてもらったばかりなのに……ごめんなさいね」

「いやいや。君が謝るようなことじゃないよ。沙季ちゃんの部屋は元々荷物部屋だったからエアコンはなかったからね。でも、エアコンなしでは勉強にも差し支えるだろう？」

「ありがとう、太一《たいち》さん」

親父たちの会話を聞いて俺はリビングに綾瀬《あやせ》さんの姿が無いことに気づいた。

「綾瀬さんは、部屋？」

「ええ。さっきまでここで見ていたんだけど、あまりにも暑いからって。あの子、あんまり暑いのが得意じゃないから」

「そうなんですか」

「子どもの頃は大変だったのよ。夏になるとアイスをねだってきたり、プールに連れていけって、駄々《だだ》をこねたり……」

綾瀬《あやせ》さんの子どもの頃というと、親父《おやじ》が再婚前に見せてくれたあの写真の頃だろうか。

小学生くらいの綾瀬さんは確かに随分と活発そうではあったっけ。そう考えると、今はだいぶ落ち着いた印象を受ける。まさか、親にねだって遊びに行きたがる子どもだったとはなあ。

「年々、手はかからなくなってきたけれど、それはそれで寂しいものね」

「やっぱり思春期になると親に付き合ってくれたりしないものなのかな。悠太《ゆうた》もそうなんだよ」

そう親父が言うと、亜季子《あきこ》さんはわずかに俯《うつむ》いてほうと息を吐いた。

「あの子の場合は思春期というより……。中学校にあがった頃にはもう今のような感じになっちゃってたかな」

亜季子さんが言葉を濁して、俺はなんとなく察してしまう。

家庭がうまくいかなくなって、父親が家に帰らなくなり、亜希子さんが働き始めたのがその頃だと聞いている。幼いなりに家の窮状をなんとなく感じて、綾瀬さんはおねだりをやめてしまったのだろう。

「そうか。悪いことを聞いてしまったね」

「いいのよ」

亜希子さんが微笑《ほほえ》んだ。亜希子さんのほうはさほど気にしていないようだったけれど、親父のほうは明らかに恐縮してしまっている。脚立の上で縮こまっても亜希子さんが困るだけだぞ、親父。

しかし、子どもの頃の綾瀬さんはプールが好きだったのか……無邪気に泳ぎ回る彼女の姿はあまり想像できないけど。今でも、何も愁いがなくなって好きにしていいと言われたら、綾瀬さんはプールではしゃぐことを望むんだろうか。

俺みたいな陰キャでノンアクティブな人間は、そもそも人混みに出るのも、体を動かしてわざわざ疲れるのも遠慮したいわけだが。

「うーん。やっぱり動きそうもないねえ。素直に修理業者を呼ぶのが一番だろうけど、この季節は繁忙期だろうし、直るのはいつになることやら」

「そう、困ったわね……。あ。降りるとき気をつけてね」

「悠太も、今日は自分の部屋で過ごすように」

「いいけど」

こういうときに限ってバイトは夕方遅くからだった。

ふたりはどうするの？と訊《き》いてみたら、亜季子さんは買い物をしたいそうで、親父は荷物持ちで付いて行くとのことだった。

なるほど確かにいっそ外出してしまうのも手かもしれない。

沙季《さき》にはわたしから言っておくわね、と言うと亜季子《あきこ》さんは台所へと行き、ダイニング越しに訊《き》いてくる。

「悠太《ゆうた》くん、なにか食べる？　わたしもこれからだから」

「あ、はい。いただきます」

親父《おやじ》と綾瀬《あやせ》さんは朝食を済ませてしまったようで、俺は亜季子さんとともに残りものを温めて食べた。親父が寝室への扉を開けて、涼しい風をできるだけリビングへと流してくれようとするのだが、焼け石に水というもので次第に汗がだらだらと流れてくる。こういうときは扇風機が恋しい。

食事の後片付けを済ませると、俺も綾瀬さんを見習って、冷蔵庫から飲み物を取り出してから自室に引っ込んだ。

さて今日は何をするかな。

綾瀬さんは部屋で何してるんだろう？　そんなことを考えつつ、読みかけの本をめくっていたら、昼近くに丸《まる》から携帯に連絡が入った。

午後の予定を聞かれて、特に何もないことを告げると、買い物に付き合えと言われる。

この暑い中を出掛けるのはなあと断りかけて、そういえば家にいる限り今日は部屋に閉じ込められるのだと思い直す。結局付き合うことにした。

渋谷《しぶや》駅前。日曜日の昼少し過ぎの繁華街は平日以上に賑《にぎ》わっていた。溢《あふ》れる人波を見ていると、暑さが倍増しになりそう。

自転車は駅近くのいつもの駐輪場へと停《と》める。夕方からはバイトなのだから、ここに置いてしまったほうが帰りが楽になる。

丸に誘われたのはアニメ関係のグッズを売っている店だ。漫画やラノベも売っているから、言わば俺のバイト先のライバル店になる。まあ、そんなことを気にしても始まらないし、そもそも俺の勤めている店はグッズは売っていない。

駅前から神宮《じんぐう》通りを北に昇って井《い》の頭《かしら》通りにぶつかったらそこで西に曲がる。途中で道が二股になるから、宇田川《うだがわ》通りへと入る。というのが、おそらくもっともわかりやすい道順だろう。こう説明すると渋谷の地理を知らない人にはけっこうな距離があるように感じるかもしれないが、歩いていても街の風景が賑やかなので気は紛れる。

街頭の空きスペースを利用して新製品の缶ジュースの試飲をさせてたり、店先に置いた平台に人気商品を並べておねえさんが説明をしていたり。眺めているといつもいつの間にか着いてしまう。

待ち合わせ時間の五分前に店の前まで辿《たど》りついた。

「よう、わざわざ悪いな」

日焼けした顔の親友——丸友和《まるともかず》が俺を見つけて近づいてくる。

「ひさしぶり。今日は練習なかったんだね」

「ああ。今日は朝練だけだ。イマドキ、オフタイムの無い練習など流行《はや》りではないからな。この暑い中、疲労を溜《た》めてもケガか体調不良の確率をあげるだけだぞ。休むときは休む、それがいまどきのトレーニングというものだ」

「そういうものなんだね」

まあ確かにハードなトレーニングなんだろうから、練習を課すほうからみても無理をしてケガをされても困るのだろう。

「それより悪かったな。こんな暑い中、引っ張り出して」

「それがね……」

俺は自宅のエアコンが壊れたことを告げ、どうせ暑いならと、ここに来ることを選んだんだよと事情を話した。わざわざ家庭の事情を伝えるのもどうかと思うが、こう言っておけば丸も気を遣わないだろうと考えたのだ。

「それは災難だったな。で、まずは目的を済ませてしまいたいのだが。後に回して売り切れても困る」

「わかった」

普段ならば自分の趣味を他人に押しつけたりなどしない丸が、どうしてもと頼んでくる理由は自分ひとりではどうにもならない事だからで。つまりお一人様一個限定購入グッズ。こればかりはひとりで複数店舗を回るのでもない限り不可能だ。そして丸にはその時間も余裕もなかった。発売日は金曜だというから、もう三日目なので売り切れを心配するのも理解できる。

いちど約束したのなら全力を尽くすとも。その限定グッズとやらの購入にさ。……そういえば、そのグッズが何かをまだ聞いてなかったな。

「任務完了して、そのあと腹が空《す》いてたら何か食べていこうぜ」

「ＯＫ」

漫画とラノベのコーナーならば何度も来たことがあるものの、俺はグッズにはさほど興味がないため、丸に案内してもらう。

「で、どんなやつなの？」

俺の問いかけに前を歩く丸が答える。どうやら春アニメのグッズらしい。アニメは終わってしまったが、関連商品は人気さえあればその後も出てくるものだ。丸が名をあげたそのアニメは覚えていた。五人組の少年少女が出てくる日常系だったはず。

「その、ロボットが出る」

「は？」

何を言ってるのかわからない。確か舞台はひなびた田舎町で、自然豊かな地で繰り広げられる青春物だった……よな？

「五話目で主人公が読んでいたラノベがSF物だっただろう？」

「ああ……」

思い出した。最近はオタク趣味というのもどうやら世間的に認知されたらしく、主人公や脇役に陽気なオタクのひとりやふたり紛れ込んでいるものだが……。そのキャラは確かにバトル物のSFが好きだとかいう本編とどう結びつくかわからない設定があったような。

「で、まさか、その……」

「主人公が好きだという設定のロボットだ」

「それ、もはやアニメと関係なくない？」

「だがこいつが格好《かっこ》良くてな」

そう言いながら、ロボットをデザインしたというイラストレーターの名前をあげてくるのだが、すまん、さっぱりわからん。そう言ったら、丸《まる》が大げさに驚いてみせた。

そんなリアクションをわざとらしく返すくらいには有名な人物らしく滔々《とうとう》と語り始める。

「まあ、それでそのロボットのおもちゃが出るんだね？」

「そういうことだ」

売り場に辿《たど》りつくと、そのロボットのおもちゃは幸いまだ残っていた。丸と俺が手に取ると、あと一つになってしまったから、危ないところではあったが。

抱えて列に並ぶ。日曜だけあって客も多く、列の長さはけっこうなものだ。俺たちは最後尾からじりじりと進む列の中で会話の続きをしていた。

「なるほど。格好いいね、これ」

「だろう」

俺はこういうおもちゃには詳しくないのだけれど、見た目だけでも格好の良さはわかる。五十センチほどもある大きな箱に入っていて、存在しない架空のロボット物のロゴが大きく躍っている。アニメのタイトルロゴのほうが隅っこに小さく描かれていて、まるでどちらが本編なのかわからないが、そういうまるで実際にそのロボットアニメがあったかのごとき演出も良さなのだろう。

「可動箇所が多くてな。遊べるぞ、これは」

「遊ぶ……？」

「おや？　浅村《あさむら》はロボットや怪獣のおもちゃで遊んだことのないタイプか」

「ない、は言い過ぎだけど。まあ、だいたいそう」

観賞用に飾るというのは理解できるが、遊ぶというのはわからない。

俺はアニメよりも漫画や小説ばかり読んでいたから。

小さい頃は親父《おやじ》が買い集めていた軍艦のプラモデルを組み立て観賞することもあったが、

前の母親に邪魔になるだけだと怒られて捨てられたせいで二度とやらないと心に決めた。理解ある家族との生活なら、そういう趣味も楽しいんだろうけど。

漫画や小説は部屋に篭《こ》もって読むことができるし、本の形をしているだけで目をつけられにくかった。

「そういえば浅村《あさむら》、奈良坂《ならさか》たちとプールに行くんだって?」

不意に丸《まる》が話題を変えた。

俺は言われた言葉に、一瞬、脳がフリーズしてしまった。誰と誰がプールに行くんだって?

俺の戸惑いに気づかなかったか、丸は重ねるように言う。

「まったく、知らないうちにずいぶんと色気づきやがって」

「えっ、なにその話」

「なにって……綾瀬《あやせ》とおまえが奈良坂とプールに行くという話だが」

「いや、初耳」

ワケがわからないんだけど。

困惑がきちんと顔に出ていたのだろう、丸は野球部の友人経由で聞いたという話を教えてくれた。それによれば奈良坂さんが同級生数人、男女混合でプールに遊びに行く計画を立てていて、メンバーの中には綾瀬沙季《さき》と浅村悠太《ゆうた》の名前もあったという。

「誘われてないのか？」

「ぜんぜん。というか、奈良坂さんとは夏休みに入ってから話をした記憶もないなあ」

「ふむ。なら、もしかしたらこれから誘われるのかもな」

「もう8月も終わるけど」

「まだまだ暑いから問題あるまい」

「そう……だね」

しかし、俺の知らないうちにそんな計画が……というか、俺って奈良坂さんに誘われる範囲の付き合いだっけ？　会話した回数も数えるほどだと思うんだが。奈良坂真綾《まあや》という人物がコミュ強のぐいぐいくるタイプのキャラだということは理解していたつもりだったけど、想像以上だ。

まあ、まだ誘われると決まったわけでもないか。又聞きの情報だし。

話をしているうちに列の先頭に辿《たど》りついた。

ふたりして会計を済ませると、来た道を駅のほうへと戻り、俺と丸はバイト先の書店の近くにあるカフェに入った。

俺も丸もアイス珈琲《コーヒー》を頼んだ。

丸はそれに加えてけっこうでかいクラブサンドを注文。さすがは運動部。よく食べる。

珈琲《コーヒー》の値段はファストフードの店のものに比べれば倍近いが、良い椅子に座ってゆっくり過ごせるメリットには代えられない。カフェと言ってもファストフードよりは少しお洒落《しゃれ》なだけの量産型のカフェだけどな。常連が奇怪な呪文としか思えない注文の仕方をする店だけれど、俺たちはつつましくふつうに注文した。

まあ、一杯で巷《ちまた》よりも一桁上のお値段がする本格珈琲店に比べれば、この店は経済的には高校生向きだ。

いちど渋谷《しぶや》の駅近で店先に掲げてあったメニューを見ずに入って、店内で値段を知ってすごすご一杯も飲まずに店を出た経験がある。あれはとてつもない恥ずかしさだった。だがブレンドの珈琲一杯に四桁の価格は高校生にはハードルが高すぎた。

俺と丸《まる》はトレイをテーブルに置き、やれやれとひと息ついた。

「でもさ。どうしてグッズが二つ必要だったの？」

買った品物の入った紙の手提げ袋に視線を注ぎながら俺は尋ねた。

「もちろん、実用と保存用だ」

「なるほど。布教用じゃなかったのか」

「……お前、最初からわかってて訊《き》きやがったな？　性格悪いぞ、浅村《あさむら》」

「わかってはなかったけど、なんとなく。前にプレゼントを贈るような相手がいる、みたいな話をしてたから」

お気に入りのものを幾つも買ってしまう人がいるのは俺も知っている。

だが丸が友人を呼びつけ手伝わせてまで確実に保存用を入手するタイプかというと、違うのではないかと思った。俺に借りを作ってでも確実に二個、手に入れておきたい事情があったんだろう。

「実は、頼まれたんでな」

「頼まれた？」

「うむ。ネットの友人でな。欲しかったらしいがその期間は都合が悪くて買いに行けないと言っててな。ならば、俺が買い置いて送ってやると約束した」

「へえ」

丸にそんな友人がいるとは知らなかった。

聞けば、アニメの推しについて語るオープンチャットで知り合ったのだという。意気投合し、互いに趣味がかぶらない範囲でグッズなどを送り合って、布教し合う仲らしい。

送り合って、ということは、互いに住所を教え合っているということだろう。

それでも、互いに知っているのはハンドルネームというネット上の名前だけというのが現代の友人同士らしいところだ。住所から、都内の近場に住んでいることはわかっているが、会ったことはないという。

「でも、同好の士なら、オフ会とかで出会うこともありそうだけど。というか丸だったら、そういうオフ会とか自分で企画しそうだけどな」

オフ会というのはオンラインで出会うことの対義語で、リアルに会う集まりのことだ。ネットで四六時中会えるとはいえ、人間というのはリアルに顔を突き合わせて会うことも大好きだからね。丸《まる》には行動力も企画力もあるから、思い立ったら真っ先に実行しそうな気がする。とはいえ丸は、土日だろうと野球部の練習があるから、実行する機会は限られるだろうけれど。

「そうもいかん」

「なぜ？」

「まあ、そういう輩《やから》ばかりではないと知っているが、迂闊《うかつ》にオフ会なぞやるとナンパ目的でやってくる奴《やつ》もいるからな。よほど信頼をおける者だけに絞らないと、トラブルのもとになる。まあ、俺が主催するならそう考える」

「そういうところは丸って慎重だよね。んん？　ナンパ？　……もしかして、その相手って女性？」

「本人談によると、そうなるな。大学生らしい」

「女子大生……年上か」

一瞬、読売《よみうり》先輩の顔が浮かんだ。俺の周りにいる女子大生といえばあの人くらいだった。高校生をやっていて、自然と大学生と出会う機会なんてそうはないだろうに、俺も丸も、身近に大学生がいるのは変な縁だと思う。

まあ、ネットの付き合いだとむしろ同年代というほうが珍しいか。

「書き込みからはかなりの知性を感じる人でな。知識も豊富だが、それが俺みたいに偏っていないのがいい。実に有意義な会話ができる。誰に対してもポジティブに接してくるから話しやすいってのもあるが」

「へえ。それだと、より親しくなりたがる人も多そうだね。……それでか」

「ああ。チャットでも人気者だ」

なるほど、オフ会なぞ開いた日には、ナンパ目当てで集まってくる奴らが多そうだ。

「よくグッズを送り合うような間柄になれたね」

「うむ。偶然でな。まあ、そこは機会があったら話してやる」

「それはぜひ聞きたいね。で、丸はその人のこと、好きになったってわけ？」

俺からそんなことを言われるとは思わなかったのか、丸がわずかに狼狽《うろた》えた。

「いや別に……そんなことは」

おお、珍しい反応。まあ、いつもは散々、俺に同じような突っ込みを入れてくるわけだから、たまにはお返ししないと。

「ほんとうに？」

とさらに追及したかったんだが、丸はどうやら本気で照れてしまっているようで、口篭《くちご》もって要領を得ないことばかり言う。しまいに、「ちょっとトイレ行ってくる」と席を外してしまった。

なんと丸《まる》がねぇ……。

そう言えば、丸のプレゼントを贈る相手と、今回グッズを送る相手は、ひょっとして同じ人物なんだろうか？　親友だと思っている俺にも、まだまだ知らない一面ってやつがあるんだな、と当たり前のことを今さらのように思う。

俺と同じで恋愛感情ってやつとは無縁そうだったんだがな。

恋愛感情ねぇ。ラブコメ小説は嗜《たしな》む俺だが、考えてみればいつも自分ごとというよりも、他人のイベントを眺めている気分で読んでたような気がする。

自分にそんなラブコメ的な状況が巡ってくるなんて考えたこともなかった。

あるわけないだろ？　現実だぞ。そんなに都合よく可愛《かわい》い女の子とお知り合いになれたり付き合えたりするわけ……。まあ、たまたま親が再婚してその娘がたまたま同年代だったらそれをきっかけに同居したりすることならあったりなかったりするのかもしれないが。

それでもその子が可愛いとは——可愛いな。客観的に言っても。

いやまて俺はいったいさっきから誰を想定して想像しているんだ。

確かに綾瀬《あやせ》さんは可愛いとは思う。だが妹だ。

「浅村《あさむら》くん？」

そうこんな感じで声も可愛《かわい》いが、妹は妹で——えっ？

振り向くと、席の隣の通路から俺の顔を覗《のぞ》き込んでいる明るい髪色の少女がいた。

幻覚でも何でもなくそこにいたのは綾瀬《あやせ》さんだった。

「どうしてここに……」

「ここが一番バイト先に近い喫茶店だから」

「あ……なるほど」

不思議でもなんでもなかった。バイト先が同じでシフトの時間も同じなのだから、暇を潰すのにもっとも適しているのがこの喫茶店であるゆえに、ここに綾瀬さんが出現する確率は有意に高い。そもそも俺も同じ理由でこの喫茶店がいいと丸《まる》に言ったのだし。偶然というよりも必然に近かった。

しかし、俺にとっては予想外の出来事なわけで、さて、何と言って会話を続けよう。

「じゃあ、私はこれで」

「えっ」

空回りしていた思考が強制的にリブートされた。気づけば、遠ざかる綾瀬さんの背中を俺は呆然《ぼうぜん》と見送っていた。夏らしいワンショルダーのトップスに涼しげな水色のショートパンツ。腰の位置高いなぁ。モデルみたいだ。ああ、今日は珍しくスニーカーなんだ。服に合わせたのかな。軽やかな足取りで去っていく。店の扉が開いて閉まった。

「すまん、待たせたな」

「えっ。あ、丸《まる》か」

「そろそろ時間かと思い出してな。慌てて戻ってきたが……浅村《あさむら》、おまえが今、話してたの綾瀬《あやせ》だよな？」

時間？　店の時計を見ると、もうバイトが始まるまで幾らもない時刻だった。そうか、それで綾瀬さんは。

「お前、やっぱ綾瀬と何かあるだろ」

「いや別に……そんなことは」

ここで、ない、と言い切れたら、俺は大嘘《おおうそ》つきになれるのだが。そろそろこいつ相手になら率直に話してもいいのかもしれない。別に親同士が結婚して兄妹《きょうだい》になっただけで、お前の思うようなことはないよ、と。

お前の思うようなことって――何だ？

結局、時間のなさに甘えてこれ以上は話題を深掘りすることなく、逃げるように丸と別れた。

物事を先送りにする、事なかれ主義の大人を批判する権利を失った瞬間である。

時間ぎりぎりで事務所へと駆けこんだ。

制服に着替え、エプロンを着けて胸元の名札を確認してから更衣室を出ると、ちょうど綾瀬さんと読売《よみうり》先輩が出てくるところだった。

「よっ、後輩君！　今日もよろしく！」

「よろしくお願いします、読売先輩」

「浅村さん、よろしく」

「う、うん。よろしく、綾瀬さん」

少しまごついた。喫茶店での不意の遭遇の影響がまだ残っていた。

「今日はシフトで入ってるのわたしたちだけみたいだよ」

読売先輩が言った。

つまり、この時間のバイトが三人だけしかいないということだ。

「ちょっと少ないような」

「そうだね。ま、だいじょぶっしょ。沙季《さき》ちゃんが戦力的にふたりぶんあるから」

「ハードルを上げられると困ります」

そう言って謙遜するのだが、仕事が始まってみると、綾瀬さんの働きぶりはやはり群を抜いていた。真面目な上に早い。新しいことも積極的に覚えていくから、もう俺と遜色なく勤めている。

綾瀬さんは徹底していた。

髪色こそ金色のままだが、仕事中はピアスを外している。

いまのご時世では見た目程度で色眼鏡で見られることはないと思うのだが、老若男女が訪れる書店では誰がどんなクレームをつけてくるかわからないということだろう。自分が何か言われるだけなら気にしないだろうが、店に迷惑をかけることは綾瀬《あやせ》さんの本意ではないというわけだ。

ネイルも淡色の控えめなものにしていて、デコったりはしていない。これはカウンターでは客前で本にカバーをかけたりして指が目につきやすいからだ。それで完璧にこなせていれば文句も出ないだろうが、綾瀬さんは書店の業務は初めてだから最初は本にかけられたビニールを剥《は》がす手つきもたどたどしかった。

仕事のできない新人が派手な格好をしているとクレームがつきやすい。

綾瀬さんのリスク管理に対する慎重さは俺の想像を遥《はる》かに超えてていた。

そして、エアコンの効いている店内でも文字通りに額に汗して働いているほど真面目だった。

シフトで入っているバイトは休憩時間をずらして取る。三人しかいないのに三人が一斉に休憩を取ったら、いざというとき客への対応もレジも回らなくなってしまうからだ。

二時間ほどで綾瀬さんから休憩に入った。

長いものではなく十分ほどだ。フルタイムで入っているときは途中に一時間ほどの休憩時間が入る。だが、今日はハーフタイムの夜番で18時から22時までの四時間だから短い休憩のみだった。

「じゃあ、ちょっと抜けますね」

「ほい。沙季《さき》ちゃん、お疲れー。ゆっくり休むといいよう」

「十分で戻りますから」

読売《よみうり》先輩に律儀にそう言い返すと、綾瀬さんは事務所のほうへと歩いて行った。

「ふうむ……」

「どうしました？」

綾瀬さんの背中を見送っていた読売先輩が何やら考え込んだ顔つきをしている。

レジには正社員の人が入っていて、客足もちょうど途絶えたところだった。みんな夕食を取りに食事処《どころ》に入っているのだろう。

読売先輩が手首をちょいちょいと曲げて俺を呼ぶ。こっちへこいという仕草だ。

「なんです？」

読売先輩がレジの裏のスペースに俺を呼びつけた。

声をひそめて話し出した。

「いや、沙季っちのことなんだけどね」

「何ですかその愛称」

「おや、兄上からクレームがきますか」

「さっきまで沙季《さき》ちゃんだったり、公式の場では綾瀬《あやせ》さんと呼んでたりしませんでしたか。ブレブレなんですが」

「これを機に確定させよう。沙季ちゃん、沙季すけ、さっちゃん……どれがいいかな?」

「いやそんな選択を迫られても。綾瀬さんでいいです」

「じゃ、沙季ちゃんで」

結局、一周回って元に戻ってきてしまった。

まあ、先輩が呼ぶぶんにはどうでもいいんですが。まさかそれ、俺にも言わせようって魂胆じゃないですよね?

「で、綾瀬さんがどうかしましたか?」

「ちっ」

「わざとらしい舌打ちせんでください」

「真面目な話」

「とてもそうは思えませんでしたが」

「妹ちゃんね。ちょいと真面目すぎるねー」

「はあ」

それが何か問題でも?

「あ、誤解しないで。真面目でとっても働き者。仕事の覚えも早いし、丁寧でかつ完璧にこなしてくれる。超優秀社員なのはわかってるから」

「バイトですけどね」

「こら、まぜっかえさないの！　でもさ、ちょーっとできない自分を責めすぎる」

俺ははっとなった。

読売《よみうり》先輩はあくまで自分の見た感じだけどと前置きをして話した。

綾瀬さんには行き過ぎた自責主義なところが見られると。それは優秀な人間の特徴ではあるものの、常に休むことなく前進し続ける彼女は、立ち止まったりうまくいかない瞬間が訪れたらポッキリと心が折れてしまうタイプだという。

大学の知り合いで病んでしまった子がいて、彼女によく似たタイプだったと読売先輩は話した。

「その子も優秀だったよ。小学校のときからなんでも一番だったたって。もちろん才能だけじゃない。その為《ため》に必死に努力してきた。で、大学に来て初めて躓《つまず》いたんだ」

そんなことよくあることだろう。周りのひとたちはそう思うだろう。

「人間には、どうしたってできないってことのひとつやふたつあるもんだよ。だって人間なんだし。けど、彼女自身はそうは思わなかったんだ。そして自分ができないということが許せなかった。できるはずなのに自分がサボっているせいでできないに違いないと自分自身を責めたんだ」

「それで……どうなったんですか」

「故郷に帰った。四国だったかなぁ。そのあとは……何してるかはわかんないなー。元気にしててくれるなら、それだけで嬉《うれ》しいけどねー」

友人というわけでもない仲のクラスメイトをそこまで気にするだけで、読売《よみうり》先輩も充分に気遣い過剰派ですよ……。俺は思ったが口には出さなかった。

で、読売先輩に言わせると、そういう自責主義の強すぎる人の特徴は、いいかげんな人になれない、心休まらない、常に気を張っていてストレスを溜《た》めやすい——そうだ。

つまり、「自分では止まることができない」というわけ。

それではいつか心をすり減らして参ってしまう。そんな走っていなければ死んでしまうというメンタルの人物を強制的に止めるためには、その人のやりたいことを邪魔しなければならない時もあるはず。

相手を尊重するがゆえに相手の自由意思を遮らなきゃいけないときがくる。

話を聞いていて俺は思い出した。綾瀬《あやせ》さんが思考を暴走させて俺の言葉を聞いてくれなかったときのこと。あのとき俺はむりやり彼女の歩みを止めて話を聞いてもらった。無我夢中だったから意識はしていなかったけど。

常に全力投球、と言えば聞こえはいいが……。

「ぜんぶ大事って言うのは、なにも大事なものがないって言ってるのに似てるからさー」

「似てるであって、同じだ、とは言わないんですね、読売先輩は」

「ほんとにぜんぶ大事にしちゃう人もいるからね。天才はいるよ。でも、大抵の人間はふつうのひとだからさ。手に載せられるものなんて幾つもないって思うんだよ。ぜんぶを掬《すく》えると思わなくたっていいんだ」

「なるほど勉強になります」

「だから、ほんとに大事なもののために気力は温存しておくべし。いい加減って必要なの。わかる？」

「ええ。休めないひとには休むように言えってことですね」

「そのとおり！　さすが後輩君。というわけで、わたしの休憩時間が延びても許してくれるよね？」

しれっと言いながら、読売先輩は両手を組んでお願いのポーズをしてくる。

真面目な話からの流れるような怠惰なしぐさだった。

「何が、というわけで、ですか。……さては、なにか用があるんですね？」

「シフト時間の終わりまで待ってると店が閉まっちゃう。往復で十五分かかる店でさー」

俺はため息をついた。このひとはもう……。

「わかりました。俺の休憩時間を譲りますから、その何かわからない買い物に行ってきてください」

「後輩君、うぇーい」

「しませんよ、ハイタッチなんて」

「リアクション薄いなぁ」

「変化の速さについていけないんですってば」

初めての考え方を与えてくれた読売《よみうり》先輩にせっかく俺は感心してたのだが。あらためて大人なんだなぁと思わされたところで最後のコレである。台無しだ。

「ま、妹ちゃんのことが本当に大事なら、もう少し踏み込んでみたほうがいいかもね」

そう言って読売先輩はレジのほうへと戻っていった。

「大事なら踏み込め、か」

あながちおふざけだけでもない、ってことか。

ほんとうに先輩はわからないひとだなぁ。


今日で何日目の熱帯夜か。気温はバイトが終わる時間になっても下がらなかった。

帰り道、今日も俺は自転車を押して車道側を歩く。綾瀬《あやせ》さんとふたりで夜道を歩きながら、俺は読売先輩の言葉を思い出していた。

この一ヶ月、綾瀬さんは懸命にバイトに励んでいた。

それは彼女の目的である将来自立した生活を送る資金を貯《た》めるためだろう。俺が短時間で稼げる方法を思いつけなかったせいもあって、彼女としては身近な人からノウハウを吸収しやすい書店のバイトを選んだというわけだ。それはそれで納得できる。

ただ、親父《おやじ》も言っていたように綾瀬さんが遊んでいる姿を俺もこの一ヶ月見ていない。丸《まる》から聞いた話も気になっていた。

――休めないひとには休むように言えってことですね。

ううん。ここはひとつ聞いてみるか……。

「綾瀬さん、もしかして奈良坂《ならさか》さんにプールに誘われてない？　……俺も誘われてるはずのやつ」

「……真綾《まあや》から直接連絡きたの？」

眉をひそめてすぐさまそう聞き返してくる。どうやら奈良坂さんにプールに誘われていたのは本当らしい。

「連絡はきてないよ。奈良坂さん、俺の連絡先知らないし」

「じゃあなんでその話を？」

あからさまに不審がられてるなぁ。

「そういう計画があるって、人づてに聞いただけ。俺も知らなかった」

友達経由で奈良坂さんが友人を誘ってプールに行く計画を立てているという話が流れてきただけだと説明する。

「浅村《あさむら》くんは、行きたい？」

一瞬、俺はその言葉を自分と一緒に行きたいのか、と訊《き》かれたように感じてしまった。すぐにそうではなく、俺がプールに興味があるかどうかを訊かれてるんだと思い直す。

綾瀬《あやせ》さんがこういう質問をするときは大抵そのままの意味だ。誤解の入る余地を嫌うから。フラットに、俺が行きたいかどうかだけを尋ねている。だから俺もいま頭に浮かんだことをそのまま返すべきだろう。

「正直、明るい人たちとのプールは浮く気しかしなくて苦手かな」

苦笑が顔に浮かんでいるのを自覚しつつ俺は言った。

一瞬、街灯に照らされた綾瀬さんの顔が寂しそうな表情を浮かべた気がした。けれど、すぐにいつもの表情に戻った。

「そ。なら無理に参加しなくていいんじゃないかな」

そっけないともとれるその言い方に俺は引っかかるものを感じる。どういう感情なのか測りかねた。怒ったようにも取れたし、寂しそうにも取れたし、何故《なぜ》かほっとしたようにも取れた。

「行かないの？　プール」

と、俺は訊いた。

「行かないよ」

と、綾瀬さんは答えた。

「どうして？」

「…………」

あえて踏み込んでそこまで聞いてみたけれど、綾瀬さんは黙ってしまって返事をしなかった。すぐ脇の道路を絶えず車が通り過ぎる。ひょっとしたら聞こえなかったんだろうかと思ったけれど、もし聞こえていて黙ってしまったのなら、これ以上しつこく聞くのは迷惑かもしれない。

ただ、違和感だけは残った。

——行かないよ。

いったい綾瀬さんはどんな感情で言ったんだろう。

帰る道の向こうにマンションの明かりが見えてきた。自転車を駐輪場に停《と》めるから綾瀬さんを先に帰らせる。ひとりになってから自宅の扉を開けるまで、ずっと綾瀬さんのことを考えていた。

●8月24日（月曜日）

朝、目が覚めてリビングに行くと誰もいなかった。

親父《おやじ》と亜季子《あきこ》さんが居ないことはわかっていた。親父はすでに出勤しているし、亜季子さんはまだ帰ってきていない。遅くなる（というか、この場合は朝帰りになる、というべきか？）と連絡があったのだ。

けれど、いつもならこの時間には起きているであろう綾瀬《あやせ》さんの姿もない。自室だろうか。しかし、今日はそこまで暑くもなくリビングの中は適度に涼しく……。

ん？　涼しい？

そこでようやく気づいたのは、リビングが冷えているということだった。

エアコンからは無事に冷気が噴き出していた。直っている。昨夜は帰宅が遅かったし、夕食も食べずにすぐに自室に引っ込んでしまったから気づかなかったが、どうやら当日中に業者を呼んでエアコンを修理してもらえたようだ。親父たちは買い物に行きたがっていたはずだけど、直すのを優先したのかもしれない。

点《つ》けっぱなしなのはすぐに俺が起きてくるとわかっていたからか。

食卓を見る。ちゃんと朝ごはんが用意されていた。

もしかしてと携帯を確認すると、ＬＩＮＥに綾瀬さんからのメッセージが入っている。

『朝食用意してあるから食べていいよ。私、先に食べちゃった』

ということは綾瀬さんはもう起きてはいるわけだ。

やはり自室に篭《こ》もっているのだろう。勉強か、それとも部屋の片づけでもしているか。

俺は感謝の言葉をLINEに入れてからいつも自分の腰かけている席に座った。

「今朝は和食か」

魚用の青い皿にはシャケの切り身を焼いたものが載っていて、端っこに小さな山になった大根《だいこん》おろしとカリカリ齧《かじ》れる小梅が二粒、ちょこんと添えてあった。隣の皿には味付け海苔《のり》のパックがひとつ。それとは別に大皿にはサラダ。旅館の朝食ふう、といったところ。

いつもながら有り難いと思ってしまう。

メニューを確認してから俺は空っぽの茶碗《ちゃわん》と味噌汁《みそしる》用の椀《わん》をもって立ち上がる。味噌汁を温めなおしている間に保温されているご飯をお茶碗に盛る。沸騰する前にスイッチを切って味噌汁をよそってふたたび席へ戻った。

「いただきます」

手を合わせてから、俺は綾瀬さんが用意してくれた朝食を食べる。

醤油《しょうゆ》を垂らして大根おろしに染み込ませると、それを掬《すく》ってシャケに乗せる。箸で割ったシャケの切り身の欠片《かけら》を大根おろしとともにいただいた。

噛《か》みしめると口の中で魚の甘みと大根おろしの辛みが合わさってじゅわりと舌の上で広

がる。

魚も美味《おい》しいよな。肉とはまた違う美味しさだ。大根《だいこん》おろしのおかげで後味もさっぱり。これは白飯が何杯でもお代わりできるやつだった。

シンプルな和食もいいもんだな、と枯れた感想をもちつつ、次は味噌汁《みそしる》に手を伸ばす。今朝の味噌汁の具はなめこだ。味噌と絡んだなめこのつるりとした食感を味わいつつ、噛《か》んで汁とともに喉の奥へと少しずつ流し込む。

綾瀬《あやせ》さんの味噌汁は今日も美味しかった。

毎回、感想をＬＩＮＥで送りたいと思うのだが、いちいちそんなことをメッセージで入れると気持ち悪がられるかもな、と思ってしまって、いまだにその場で言えるとき以外には伝えたことがない。

なので心の中だけでひっそりと感謝と感想を送っておく。

いつも美味しい味噌汁をありがとう、綾瀬さん。

食べ終わって食器を洗い、片付けを済ませると、バイトの時間まではしばらく余裕ができた。どうしようかと考えてから、リビングを見回し、よし掃除でもするかと決める。

食卓の上の料理には埃《ほこり》を被《かぶ》らないようラップを被せる。冷蔵庫にしまうことも考えたけれど、亜季子《あきこ》さんがそろそろ帰ってくるはずで、焼き魚は冷やしすぎるよりもいいかなと思った次第。食べないと言われたらしまえばいい。

掃除の基本は上から下へ。埃は下に落ちるからだ。拭けるところを拭いて、ざっと床を箒《ほうき》で掃いてから、フローリング用のモップを使って床を磨く。慣れた手順で手を動かす作業をしていると、頭のほうはお留守になってよしなしごとを考えてしまう。

綾瀬さん、やっぱり最近ちょっとおかしいよな、とか。

思い返せばあのときからだ。二日前。

『真綾《まあや》のことなら、気にしないで。夏休みに遊んだりするような間柄じゃないから。浅村《あさむら》くんも、そのつもりでいて』

どう考えてもわざわざ部屋まで伝えに来るような内容じゃなかった。

そんな非合理的なことを綾瀬さんはするだろうか？

「うーん」

掃除の手が止まり、モップの柄に顎を乗せたまま唸《うな》ってしまった。

そういえば、ともうひとつ思い出した。

丸《まる》の話によれば奈良坂《ならさか》さんのプール計画には俺も含まれていたらしい。だが、俺は今のところ呼ばれていない。というか奈良坂さんのグループの誰も、俺の連絡先なんて知らないから当然だろう。呼びたくても呼べない。

だとすれば、奈良坂さんはどうするか。おそらく、綾瀬さんに伝えるとき、俺も誘ってくれ、みたいに言うことになるはずだ。

それを聞いた綾瀬《あやせ》さん本人が行きたくないからという理由で行かないのは、不自然じゃない。だが、彼女がその誘い自体を俺に黙っていたというのは不自然だ。

自分が綾瀬さんの立場だったらどうするだろうと考えてみる。例えば、丸《まる》が同じことを計画して、俺に綾瀬さんも誘ってくれと言ってきたら？　そうだな。俺だったら自分が行かないとしても、綾瀬さんには一応伝えるだろう。丸がこう言って誘ってきたよ、と。

そうでないと、俺の勝手な判断で、綾瀬さんの楽しめる機会を奪うことになってしまうからだ。

俺と彼女のフェアな関係に、それはまったくそぐわない行動だった。

なぜ綾瀬さんは黙っていたのか。何か変だ。と、考えてばかりいたら手が完璧に止まっていた。

「いかんいかん」

リビングの掃除を再開するが、俺の頭は綾瀬さんの行動の不自然さについて考えつづけていた。そうこうしていると床を磨き終わり、そのタイミングで玄関の扉が開く音がして、亜季子《あきこ》さんが眠そうにふらふらしながら帰ってきた。

「あー……悠太《ゆうた》くん。おふぁよう」

「お帰りなさい。おはようございます。何か食べますか？」

「うん……アイスだけ食べて寝る」

夜の仕事明けの半分閉じた瞼《まぶた》でそんなことをおっしゃる。

俺は冷凍庫を開けると中に詰まっていた（亜季子さんの好物だということで、我が家の冷凍庫には親父《おやじ》の買い占めた各種アイスが詰め詰めに詰まっている）アイスのひとつを取り出して差し出した。いちご味の棒アイスだ。

「そういえばクーラー、昨日のうちに直ったんですね」

「ん……。あー、そうなの。あれからすぐに太一《たいち》さんが業者さんを呼んでくれて……」

よほど眠いのか、言葉が途切れ途切れだ。

椅子に座ってアイスを舐《な》めながら亜季子さんが語ったところによれば、エアコンの故障の原因はフィルターの汚れらしい。親父が下手に自分でメンテナンスしようとしてさらにおかしなことになりかけたのを、業者さんにしっかり対応してもらった、とのことだ。

親父め、亜季子さんの前で良いところを見せようとするからだ。

でも、と何気なく亜季子さんが口を開いた。

「昨日まで涼しい顔で元気に運転してたエアコンが急に壊れるんだもの、機械って難しいわねー」

言われて、俺の心臓が跳ねる。

昨日まで涼しい顔で――急に壊れる、という言葉と、読売《よみうり》先輩から聞いた、真面目な人がふとしたときに壊れてしまうという話が結びついて心の中で引っ掛かったんだ。

機械だけではなく、人間でもそれは同じかもしれない。

——真面目すぎて、自分からは止まることができなくて。

いつかぽっきりと心がいきなり折れてしまうかも。止めてあげる必要があって、その為《ため》には誰かが強く言わないと……か。

ただ、彼女はそれをどこまで受け入れてくれるだろう。

「綾瀬《あやせ》さんって、本人が望んでいる行動を強引に遮ったりする人って嫌いですかね」

まずはもっと綾瀬さんの性格を把握しないと。そう思って、俺は母親である亜季子《あきこ》さんに問いかけた。俺の問いかけに、亜季子さんはアイスを舐《な》めるのをやめて宙を睨《にら》んで考え込む。

「んー？ それって、強引に迫られるのは嫌いか、ってことかしら」

「せ、せま——」

ああ、まあそういうことでもあるか。

ただ、なにかニュアンスがおかしい気もする。

「迫るというか、ですね。ええと、たとえば勝手に予定を立てて遊びに誘うとか、まあ、そういうことですけど」

「強引にデートに誘われたりするのが好きか嫌いかってこと？ そうねえ、あの子の性格から言って、そーゆうのは嫌いだと思うな。でも、ちゃんと手順を踏んで欲しいのは女の子だったらけっこう思うことなんじゃないかしら」

「嫌い……、やっぱり、そうですよねえ」

俺から見ても、綾瀬さんは亜季子さんの言うとおりの性格に思えた。だとすると、どういうプロセスを踏めば彼女を止められるんだろうか……。

「ん、デートに誘いたいの？　もしかして悠太《ゆうた》くん……あの子のこと、好きになっちゃった？」

割り込むように突然そう言われて、俺の思考が止まった。

はい？　ええと、今、なんて言われた？　俺は慌てて亜季子さんとの会話の内容を思い返す。焦った。ひょっとして亜季子さんに勘違いさせたんじゃないか、俺。

「ち、ちがいますよ！　そうじゃなくて。男女とかの話じゃなくて、ですね。綾瀬さんって無理をしちゃう性格な気がして」

これは事情をちゃんと説明せねば。俺は昨日の読売《よみうり》先輩とのやりとりを亜季子さんに話して聞かせた。しっかりとだ。

亜季子さんが納得したような笑みを浮かべる。どうやらわかってくれたようだ。俺は、ホッと胸を撫《な》で下《お》ろす。

「そういうことね。わたし、てっきり悠太くんが沙季《さき》を女の子として好きになっちゃったのかと思った」

「そんなこと――」

あるわけない。

だって、綾瀬《あやせ》さんは妹なのだから。妹だぞ。あってはいけない。あるわけないんだ。

「そうね。沙季《さき》にはそういうところがあると思う」

亜季子《あきこ》さんがぽつりと零《こぼ》した言葉に、俺ははっとなる。

「あの子が中学にあがるころって、わたし自身がとても忙しくなってしまって、でも沙季はそういうわたしに気を遣ってできるだけわたしの負担を減らそうと、そう、しっかりするようになってしまった。歳《とし》相応よりも遥《はる》かに」

「たしかに……そう見えます」

「ええ。良いことに見えるけど、そうなったきっかけはわたしが手をかけてあげられなかったからだと思うと……ね。反省してる。あの子に甘えてたってことかなって。沙季にはわがままな子どもの時間をもう少しあげたかったな」

子どもの時間をもう少しあげたかった。

亜季子さんの言葉に俺は胸を衝《つ》かれる。写真の中の綾瀬さんを思い出した。アイスをねだったり、プールに行きたいとねだったりする綾瀬さん。でも、彼女はそんな子ども時代を自分で強引に終わらせて、誰にも頼らずに自立して生きていこうと決めた。

最初は、母親の負担を減らしたかったからだろう。今はそれだけではないかもしれないけど。

悠太《ゆうた》くん、と声をかけられて、俺は顔をあげる。亜季子《あきこ》さんが真剣な瞳で俺を見つめていた。

「こんなこと、義理の息子の悠太くんに頼むことじゃないけれど、沙季《さき》が根を詰めすぎないように適度に息抜きさせてあげてほしいかな。もしも本人が嫌がるなら、それこそ、さっき言っていたように多少、強引でもいいから」

亜季子さんのお願いに、俺はわずかに躊躇《ためら》い、でもしっかりと頷《うなず》いた。

俺は、これまで他人とは極力踏み込んだ付き合いをしないようにしてきた。他人の人生に責任なんか取れないし、取りたくもないし。逆に自分自身が踏み込まれるのも苦手だったから。もたれ合って互いに負荷をかけ合うような関係は御免被《こうむ》りたかった。

初めて綾瀬《あやせ》さんと出会ったときに言われた言葉——

『私はあなたに何も期待しないから、あなたも私に何も期待しないでほしいの』

あの言葉で深く安堵《あんど》したのも、そのためだ。距離を詰めすぎない気楽な人間関係を結べるなら、それが一番だと思った。

でも、このまま行ったら綾瀬さんが折れてしまうのだとしたら見て見ぬふりはできない。

たとえ嫌われても。

「だいじょうぶ。嫌われたら、沙季の大好物を教えてあげる」

「大好物……。はあ。ええと、それで機嫌なおしてくれるんですかね？」

「そりゃもう！」

破顔する亜季子さん。いい笑顔だった。俺としては、そんな都合の良い処方箋があるんだろうかと疑ってしまうが。それでも、お願いしますと亜季子さんには言っておいた。

やっぱり、綾瀬さんには嫌われたくはない。

同居している妹なんだしな。


エアコンの立てる静かな音だけがリビングに響いていた。

ごちそうさま、と亜季子さんはアイスの棒を流しの三角コーナーにポイすると、よほど眠かったんだろう。そのままふらふら体を揺らしながら寝室へと歩いて行った。転ばないといいんだが。お疲れ様です。おやすみなさい。さて……。

俺のほうは結局食べられることのなかった焼き魚を冷蔵庫に入れて、その足で綾瀬さんの部屋へ。ノックをして返事を待った。

「なに？」

ドアの隙間から綾瀬さんの机が細く切り取って見えている。広げた教科書とノート、手にヘッドホンを持っているのはいま外したからか。今日はイヤホンではなくてがっちり耳を覆うやつ。ローファイ・ヒップホップを聞きながら勉強、かな。きっちりエアコンが効いていて、リビングよりも少し涼しいくらいだった。暑さに弱いって亜季子《あきこ》さんが言ってたっけ。

「あのさ。奈良坂《ならさか》さんに誘われた、プールについてなんだけど」

「行かないよ」

言い終える間も置かずに返された。俺がうっと詰まったのを見て、言い訳するように付け足す。

「プールにうつつを抜かしてる時間、ないから」

こういうところなんだよな、と俺は思う。

綾瀬《あやせ》さんは決して俺を怒らせようとしているわけじゃない。彼女にとって、遊ぶ時間を作ることは「逃げ」として認識されているんだ。うつつを抜かす時間も時には必要、とは思っていない。青竹のようにまっすぐな心の持ち主、などという古い表現を思い出してしまった。

俺は考える。正面からぶつかるだけじゃ、綾瀬さんは意地になるだけだな。ひとつ息を吐いてから言う。

「わかった。それはそれでいいよ。ただ俺は参加しようと考えなおしてさ。だからええと、奈良坂さんの連絡先を教えてもらってもいいかな」

まずは、俺自身がうつつを抜かしてみせて、それから綾瀬さんにも張り過ぎている気を緩めてもらおう。そういう作戦。

綾瀬さんが逸《そ》らしていた目をさっと合わせてきた。

「やだ」

「え？　……あの？」

俺は驚いた。思いがけない強い調子で否定されてしまったから。

綾瀬さんは理屈の通らない感情だけの言動を嫌がる。だから奈良坂さんの連絡先を教えてくれ、と言われて嫌がるとは想定していなかった。奈良坂さんが俺に連絡を取ろうとしていることは事実なんだろうし。

ただ「やだ」と言った綾瀬さん自身、自分の言葉に驚いたような顔をしていて。

「えっと、そうじゃなくて。人の連絡先、勝手に渡すの、その、マナー違反だから……」

「ああ……」

なるほど。それは確かに。理屈が通っている。個人情報は保護されなければならないよね。さすがにそういうところはきちんとしているなぁ、綾瀬さん。

俺はそのときは素直にそう思って納得した。

「真綾《まあや》に訊《き》いてみる。返事があるまで待ってて」

「了解」

ＬＩＮＥなりメールなりで訊いてくれるのだろう。それならさほど時間はかからないと思った。勉強があるから、と言うので、俺はその場は引き下がる。どうせ夕方からバイトで顔を合わせるのだ。扉を閉めて自室に戻る。

実際問題、プールに連れ出せるかどうかをそこまで重要に思ってるわけじゃない。綾瀬《あやせ》さんは今、目の前に積み重なっている勉強やバイトを聳《そび》え立《た》って動かせない山のように考えている。その考えじゃ、心理的なプレッシャーは相当なものだろう。

プールに行けるかどうかが本質じゃない。折れる前にひと息ついてほしい。俺が考えているのはそれだけだ。

バイト先の書店で、会ったそのときにまた聞いてみよう。

午後になると俺は家を出た。

猛烈に熱されたコンクリートから立ち昇るむわっとした空気を分けて自転車を漕《こ》いでいく。坂道の多い凸凹な道を、距離にして数駅分も。ミネラルウォーターのペットボトルをすぐに取り出せるように鞄《かばん》の入ったカゴの隙間に差し込み、熱中症対策は万全だ。服の内側で汗が噴き出すのを自覚し、気持ち悪いなぁと顔をしかめながらも、俺はこの移動時間が嫌いじゃなかった。

夏休み中の大学生で活況を呈する表参道《おもてさんどう》の中、場違いなくらいに格式ばった建物がひとつ。

東大現役合格を目指せと謳《うた》う、有名な予備校だった。

自転車を停《と》めてこの建物の中に入るとき、妙にホッとした気持ちになる。渋谷《しぶや》だったり表参道のパリピめいた場所よりは、こういう生真面目な空間のほうがよっぽど自分に合ってると感じるから。予備校の近辺にも若者に話題のブティックやインスタで映える見た目のパンケーキ屋なんかがあって、いまも女子大生らしき行列が目についていた。

教室の中に入り、なるべく隅の席に陣取る。学校の教室と違って予備校に決まった座席はないが、なんとなく毎回空いてたら同じ位置に座ってしまうのは人間としての習性ってやつだろうか。

ちなみに俺はここの塾生というわけじゃない。夏休み限定、夏期講習だけを受けに来ている。

俺以外の生徒もほとんどがそうらしく、慣れ親しんだ友達同士の会話といったたぐいのものはなく、みんな、参考書を開いて黙々と自らの課題と向き合っていた。

通っている水星《すいせい》高校も進学校とはいえ学校ではここまで誰もが生真面目というわけじゃないのを考えると、空気の硬い、ゆるい、の違いは成績や性格よりも、単純に人間関係による部分が大きいのかもしれない。

生徒の見た目も、黒髪、過度な装飾をつけず、メイクもせず、変にボタンを開けたりもせず。世間一般的に真面目と評価されるタイプが多かった。参考書を見る目の鋭さも学校で見かける生徒たちのそれとはまるで違う。

綾瀬《あやせ》さんみたいだ。

と、何の脈絡もなくそう思った。

ファッション、髪色といった外見はまったく一致しないが、前のめりな姿勢や視線から滲《にじ》む本気さは近い。

全力で、そして余裕がない。

なるべくなら良い点を取れるようになって、自分の実力の範囲でそこそこ良い大学に入れたらそれでいいやと考えてる俺とは違う。戦う人間の目、ってやつだ。

ただここにいる彼らと比べても綾瀬さんの自分の追い込み方は常軌を逸してる気がする。

何せ経済的な自立も同時に目指して、こうしてお金を払って夏期講習に参加したりもせずに独学しているのだから。そんじょそこらの受験生が独学だなんて主張したら単なる逆張り、天邪鬼《あまのじやく》と揶揄《やゆ》されそうなものだが、実際にほぼすべての教科で高得点を記録できるのだから冷笑派も黙らざるを得ない。

先月まではあった現代文という弱点もいまではだいぶ克服し、ますます隙のない受験生として完成されつつあった。

……まあ彼女ほどの努力の鬼でもない俺は、こうしてこつこつと教えを乞うて少しずつレベルアップしていけばいいだろう。分を知るのは何事においても大事なのだ。

「あ、あの……」

「え？　あっ、はい。なんですか」

か細い声で呼ばれて、俺は一瞬遅れて返事をした。他の学生に話しかけられたのは夏期講習では初めてのことで、とっさに自分が声をかけられていると気づけなかった。

声の主は隣の席に座る女子だった。毎回ではないが、たしかに近くの席に座るのを何度か見たことがある。顔立ちや髪型、ファッションに奇抜なところはなく地味な印象の女子だったが、ひとつだけ記憶に残りやすい大きな特徴があった。

身長である。

１８０㎝に及ぶだろうか。俺よりも頭ひとつぶんぐらい高い背丈で、目の前にいるだけでも妙な威圧感があった。

彼女は身長に似合わぬ自信なさそうな声で言う。

「何か落ちましたよ」

「あ、ああ、ありがとうございます」

参考書を開いたときに落としたのだろう、見覚えのある一枚のしおりが落ちていた。

礼を言いながらそれを拾うと、しおりをじっと見ていた彼女と目が合った。

「夏フェアのしおり。駅前の書店でもらえるやつですよね」

「え、ええ、まあ」

そこでバイトをしているんだけど、とは言えなかった。不用意に自分の情報を初対面の人には話せない。

「あたしもそこ、よく通ってて。偶然ですね」

「このあたりが生活圏だと、本を買うならだいたいあそこなんじゃないかな」

「たしかに。あはは」

背の高い女子はかろやかに笑っていた。

会話はそこで終了。特に俺と何か話したかったわけではなく、親切から声をかけて共通の話題を見つけたから自然に書店の話を振ってきただけらしい。特に意味のない、日常的な会話だ。

すでに机に向かっている彼女の横顔をちらりと見て、俺はなんとなく釈然としないものを感じていた。

……こんなお客さん、来たことあったかなぁ。

同じ高校生なのだから生活時間は似通いそうなものだけど、レジで彼女を見かけた記憶がない。これほど特徴的なモデルばりの長身だったら忘れようがないと思うのだけど。

まあ俺も四六時中バイトをしているわけじゃないし、彼女も言うほど頻繁に書店に通っているわけじゃないんだろう。ニアミスぐらい、ふつうにあり得る話だ。そう納得して、俺は自分の机に向き直った。

今日、いつもの夏期講習と少し違ったのはそれくらい。それ以上その女子と会話することもなく、ごくごくふつうの時間が過ぎていくだけだった。

そうして午後は夕方までの間、ひたすら受験勉強に励んだ。

最後のコマを終えて時計を確認すると、ちょうどバイトの遅番シフトまであと40分ほどという時間だった。バイト先には自転車なら10分もあれば行ける距離。当然、予備校を選ぶときにはこの利便性を重視していた。

参考書を鞄《かばん》に詰めて足早に予備校を出ると、駐輪場で自転車の鍵を開け、乗り込もうとする。夏休み中はかなりの頻度でやっている動作であり、半ばルーティーンとなっていて、この瞬間は脳味噌《のうみそ》をまったく使っていなかった。

だが、いつもと違うことが起きた。

「あれ？」

思わず瞬《まばた》きした。

ボーっとしながら自転車を漕《こ》ぎだした俺の視線の先、予備校のすぐ目の前にある、女性に話題のパンケーキ屋のテラス席に、よく知っている人がいたからだ。

長い黒髪を洒落《しゃれ》たカチューシャで整え、ふわりと優しく肌を覆うやわらかな生地の上衣とフレアスカート。清楚《せいそ》なお嬢様のような出《い》で立《た》ちの女性は、まぎれもなくバイト先の頼れる先輩、読売栞《よみうりしおり》先輩だ。

一緒にいるのは大学の友人だろうか？　三人の女性とともにテラスの四人席に陣取り、上品にフォークを操りパンケーキを切り分けながら、何やら真剣な顔で議論している。

距離が近く、彼女たちの声が大きいのもあって、俺のところまで会話が聞こえてくる。

女性のうち二人は読売先輩と同年代の女子大生ふうだが、もう一人の女性はあきらかに貫禄《かんろく》の異なる出《い》で立《た》ちで、熟《こな》れた雰囲気を醸し出していた。

大学生たちが季節感のある爽やかな服装であるのに対し、その知的な雰囲気をまとった女性は真夏だというのに袖のだぼついた長袖のカーディガンを無造作に羽織り、品定めするように読売先輩たちを眺め回す。

「さあ、誰か反論できるかい？　我らが人文科学は自然科学と比較して社会に貢献できない虚学と呼ばれて、存在価値を疑問視されている。このままではキミたちの研究の正当性が否定されてしまうよ」

萎縮しているのか神妙な顔で視線を交わし合い、女子大生たちは答えあぐねていた。

知的な女性は余裕たっぷりの微笑《ほほえ》みを保つと優雅な手つきで目の前のパンケーキを切り分け、口に運ぶ。

あきらかに流行《はや》りのパンケーキ屋でするような会話じゃないが、周囲の他の客は会話の意味が理解できなすぎて逆に気にならないのか、意外と浮くことなく自然に溶け込んでいた。

そんな異様な空気の中、果敢に口を開く人がいた。

読売先輩だ。

「実験により再現性のある法則を見出《みいだ》すのが自然科学と定義すると、科学技術の発展という点や人間社会への貢献度は自然科学のほうが高い。――それが真実である以上、自然科学を否定する観点から反論しても返し切れないと思います」

「賢明だね。反論のために真実を捻《ね》じ曲《ま》げるのは悪手だと、キミは心得ているようだ」

「はい。その上でなお、人文科学の研究には意義があります」

「どのような？　文学や史実の研究などただのお遊び。国家の貴重な研究資源をそのような無駄な学問に割くのはいかがなものだろう」

「祖先がたどってきた歴史を紐解《ひもと》くことは、人間とはいかにあるべきかという根源的な問いかけに不可欠です」

「果たしてそうかな？　文学も歴史も過去のある人物の残した記録に過ぎない。それを理解したところで人間という生物の一般的な傾向など把握できやしないだろう」

「過去を知れば未来を知れます。現代の問題を解決するヒントを過去に求めることもできるのでは？」

「歴史は繰り返す、かい？」

「はい。あらゆる社会的抗争の原因は過去何度も繰り返されたものと近似してます。過去から学ぶことで現代においても適切な答えを導き出せるのではないでしょうか」

「ああ、それは無理筋だよ、読売《よみうり》クン」

「え？」

「歴史は繰り返す、という格言自体、過去のある人間の感想でしかない。定量的なデータがほぼ存在しない過去をいくら研究したところで事象の再現性は証明不可能なのだよ」

「うっ……」

痛いところを突かれたか、読売先輩は言葉に詰まった。

知的な女性はパンケーキを切っていたナイフを持つ手を、行儀悪く顔の横でくるくる回して言う。

「現代はあらゆる事象をデータで観測することが可能になった。その取得や収集の容易《たやす》さはこれまで実証不可能だった人間の真実を浮き彫りにする。未来人が過去に学ぶものはさぞ多かろうが、それは現代人にとっての現在のことだ。課題解決のヒントを過去から、というのであればいま目の前の自然科学を学ぶほうが先決だろう。——反論は？」

顎をしゃくる知的な女性に、あります、と読売先輩は即座に答える。

「現代人の価値観は連綿と続いてきた文化の上に成り立っています。文学を知ることで、歴史を知り、宗教を知り、風俗を知り、なぜいまの状態に至っているかを正しく観測しなければ見えないことも多いはずです。たとえばある国のアーティストが他の国の宗教を軽んじたMV《ミュージックビデオ》を作り、怒りを覚えた民により大炎上したとして、その反応に至った原因が何なのか自然科学で解明する方法はありますか？　どうすれば彼らの怒りが収まるのか、予測を立てて案を作成できますか？　人文科学の研究者なら即座にいくつもの仮説を立てるでしょう」

「ふむ。なかなか攻撃的な反論だが、筋は悪くない」

実際、いい弁論だったのだろう。知的な女性は初めてナイフを持つ手を動かすのを止めて、数秒、考え込んでいた。

しかし逆に言えば、思考を数秒しか必要としなかったともいえる。

彼女は口を開く。

「そもそも怒りの原因がその国独自の歴史や宗教に根ざすものだったと、どのようにして因果を証明するんだい？」

「えっ」

「怒りは本当に文化を軽んじられたから発生したんだろうか？　使っていた音が人間の脳に一般的に不快感を与えるものだったのかもしれないし、ビデオの色が怒りを増幅させる効果があったのかもしれない」

「それは当事者への調査や社会実験である程度の相関は出せるはずです」

「はい、詰み」

「え？　……ああっ」

微笑《ほほえ》みとともに指摘されてぽかんとする読売《よみうり》先輩の目の前で、彼女の皿からパンケーキが一片かっさらわれていく。

人のぶんを奪い頬張《ほおば》った女性は、その知的な印象の外見からは信じられないほど無邪気な様子で咀嚼《そしやく》しはじめる。

「さすがに擁護できないよ、キミ。つまり過去の文学を漁《あさ》ることは無意味で、いま起きてる事象の研究のほうが大事だと自分自身で認めてしまったわけだからね。……残念無念、もっと屁理屈《へりくつ》を鍛えたまえよ、読売クン」

「くぅっ……」

やりこめられた読売先輩が悔しげに頭をかかえた。奪われ欠けたパンケーキにフォークを刺して、勢いよく頬に詰め込んだ。咀嚼中ゆえにふくらんだその頬がいじけた子どものように見えて俺は心底驚いた。

さっきの問答といい、いまの姿といい、バイト先で見る読売先輩とはまるで違っている。俺に対しては常に余裕のあるしぐさしか見せてくれないから、こうして緊張した面持ちで議論する姿も、本気で悔しそうにしている姿も新鮮だった。

「工藤《くどう》先生、どうして否定側でそこまで語れるんですか。人文学部の人なのに」

と、読売《よみうり》先輩は訊《き》いた。

どうやら知的な印象の女性は、工藤《くどう》という苗字《みょうじ》らしい。先生、と呼んでいるということは教授か、いや、准教授あたりだろうか。以前読んだ本によれば教授にはかなりの高齢にならないとなれないとあったし、この女性はそこまでの年齢には見えない。

「なに、簡単なこと。本音と口先は別だと理解しているからだよ」

「なるほど……では、先生ならどのような論で説明するんでしょうか？」

「虚学で何が悪い？から始める」

「……え？」

「人文科学は確かに虚学に定義づけられる学問だが、人類に貢献できないという前提に反論の余地があってね。自然科学の発展が必ず人類の幸福に繋《つな》がると敵は主張するが、残念ながら、『人の幸福』を論ずるには何をもって幸福とするかを定めなければならない。正義や幸福の形は残念ながら人間という生物全体で共通ではなくてね。たとえば私は、いまのように甘いパンケーキを食べる瞬間が最高に幸せなのだが、全人類の何％が同意してくれるだろうか」

「生物としては子孫を残していくことが共通の幸せなのでは？」

「子を生《な》せない者が不幸だとでも？」

「……確かに。いまの時代、そう考える人はそれほど多くないですね」

「そのとおり。つまるところ人類の幸福だとか人類はどう在るべきかという命題は、非常に曖昧なものでね。自然科学がもたらす発展とやらも結局はそのぐらついた土台の上でしか達成できない。——虚学あってこその実学なのだから、まとめて消滅したくなかったらおとなしく我々の学問も受け入れろ。……私の答えは、こんなところかな」

「あぁ……そうか、そっちか……」

「他国とのコミュニケーションに着目したのは悪くなかったよ。虚学を虚学であると受け入れたまま虚学を肯定する方向に舵《かじ》を切れれば、攻めきれたかもしれないね」

「勉強になります……ありがとうございました、工藤先生」

頭を下げてから、読売先輩は深くため息をついた。

「はあ……やっぱり全然敵《かな》わないなぁ」

「いや読売さんはすごいよ。あたしなんて最初から全然ついていけなかったもん」

「ホントにねー」

「こらこらキミたち、他人事《ひとごと》じゃないだろう。わざわざこうしてお高いパンケーキを奢《おご》ってあげてるんだ、全力で頭をひねって楽しませてくれなきゃ困るよ。さあ、さっそく次の討論のテーマだけどね——」

「ええっ、読売さんで勝てないなら無理ですよーっ」

女子大生たちの悲鳴じみた声が上がった。

それからまた違うテーマに会話が遷《うつ》ろったとき、さっきの悔しい感情を隠すためなのか、読売《よみうり》先輩がふと視線を友人たちから逸《そ》らした。そのとき、偶然……いや、位置関係からすれば必然だろう。道路側で自転車に跨《また》がっている俺とピタリと目が合った。

やば、と思う。

つい会話の内容に聞き入ってしまったが、冷静に振り返ってみれば単なる盗み聞きだ。とてもお行儀が良い行為とは言えない。

しかし読売先輩は俺からすぐに視線を外すと、腕時計に目を落として、わざとらしくあっと声を上げた。

「すみません、工藤《くどう》先生。そろそろバイトに行かないと」

「うん、いってらっしゃい。料金は気にしなくていいからね」

「ごちそうさまでした」

そう言って礼儀正しく頭を下げると、バッグを肩にかけ直して別れを告げ、あわただしく駆け出した。

目の前を通り過ぎるとき、ちらっと視線を俺に向けてきたことに無言のメッセージを感じ、俺も後に続くようにゆるりと自転車を漕《こ》ぎだした。

キャットストリートを進んで数分。もうパンケーキ屋からは見えないであろうところまで来たところで、俺は読売先輩の背中に声をかけた。

「すみませんでした」

「謝罪するってことは、つまり罪を認めたのかな？」

「違うんですよ。誤解なんです。たまたま居合わせただけで」

「往生際が良いのか悪いのかわからない犯罪者だね。……ま、後輩君がストーカーしてたとは思ってないよ」

「信用してもらえて何よりです」

「後輩君は頭がいいから、ガチでストーカーするならもっと気持ち悪い手法を使うと思うんだよ」

「その信用の仕方は望んでなかった……」

変な疑いを残したくないので俺は鞄《かばん》を開けて中の参考書を見せた。

「夏期講習ですよ。そこに予備校あるんで」

「あー。なるほど之輔《のすけ》」

「おお、安心と信頼の変な言葉遣い」

「なるほど、居合わせただけじゃなくて盗み聞きもしていた、と」

「それは……」

ハメられた。

有能刑事のような巧妙な誘導尋問に追い詰められて俺が返事に困っていると、ぷっ、と読売《よみうり》先輩は噴き出した。

「冗談、冗談。ただの仕返しだよ。恥ずかしいところ見られたからねぇ。ほら行こっ」

「あっ、はい」

俺はあわてて自転車から降りた。歩き出した読売先輩の背中を追って、自転車を手で押し始める。

ちらりと隣の読売先輩を見る。綺麗《きれい》な黒髪、清楚《せいそ》な服装、楚々《そそ》とした所作の彼女は白い日差しを浴びてますます深窓の令嬢めいた優雅さを感じさせた。夏の夕方はほとんど昼の明るさだ。先月、映画館に行ったときは夜だったから気づかなかったが、こうして明るい中で私服姿の先輩を見ると清楚なお嬢様の雰囲気は何倍にも増していた。

「しかし論破されてぐぬぬしてるところを見られるとは。先輩としての威厳に傷がついてしまったよ」

「いやあ、べつに……」

最初から特に威厳は感じてません、という言葉はかろうじて呑《の》み込《こ》んだ。

が、時すでに遅く、ニュアンスはすでに充分伝わっていたらしく、読売先輩はじと目で睨《にら》んできた。

針のむしろに座りっぱなしになる趣味はないので話題を逸《そ》らす。

「ところでさっきの人は？」

「さすが後輩君は枯れてるなぁ。女子大生が三人もいたのに、そっちよりも熟女が気になるとは」

「そう、その人です」

「工藤《くどう》先生のこと？」

「年齢についてとやかく言うのはマナーとしてどうなんですか」

「女性同士なら論じても許されるのだよ、後輩君」

その口調、もしかして工藤先生とやらの受け売りでしょうか？　なんて指摘したらすねられそうなのでこれも言わないでおく。トラブルの種は蒔《ま》かずにそっとしまっておくのが賢い立ち回りだ。

「工藤先生はうちの大学の准教授。年齢からだいたい予想してたんじゃない？」

「はい、少しは。でもいまって夏休みですよね。あんなふうに学生たちとパンケーキのお店に行ったりするものなんですか」

「たまに先生から誘ってくるんだよねぇ。あんまり付き合ってあげてる学生はいないんだけど」

「読売先輩は別、と。意識高し君ですね」

「うーん、その言いぐさ。50点」

「不満ですか。俺にはちょいちょいそういうイジり方してくるのに」

「そこは意識高子《たかこ》でしょ。こう見えていちおうメスなんだから」

「そっちですか」

意識高いと言われることそのものに不満はないらしい。

「大学ではけっこう真面目ちゃんグループの一員なのだよ。ふだん後輩君と話してるときと違うからイメージ湧かないと思うけど」

「頭のいい人なのは知ってるんで、べつにイメージ大外れってわけでもないですけど……。上には上がいるんだなぁとは思いました」

「浮世離れしてるよね、工藤《くどう》先生」

「あのシーンだけ見ててもわかりませんけど」

「いつもだいたいあんな感じ。底知れないっていうか、なに考えてるのかわかんないときが多いんだよねー」

「それ、まんま俺にとっての読売《よみうり》先輩ですね」

心の底では何を考えているのか不明な、つかみどころのない年上の女性。知識量も思考の瞬発力もすべてが上で、手のひらの上で転がされている感覚しかない。もしかしたら、互いの間に世代の壁が存在するとき、会話の途中でこういった感覚を得るのは、ある程度よくあることなのかもしれない。

俺も読売先輩と同じステージに立てば、自然とこの人の言動の意味を理解できるようになったりするんだろうか。

などと考えていると、読売先輩は露骨に顔をしかめた。

「えー、やだなぁ」

「なんでですか？」

「後輩君、わたしをいずれ倒そうと思ってるってこと？」

「は？」

なんでそうなるのか理解が追いつかず、思わず変な声を出してしまった。

「知恵も知識も足りてないのが悔しくてね。いつかやっつけてやろうと思ってるのだよ」

「学問ってバトルでしたっけ」

「わたしはそういう楽しみ方をしてるの。意外？」

「いえ、解釈一致です」

見た目の印象だけでいけば純粋に読書を楽しみ、学問においては真面目に知識を蓄えようとする文学少女にしか見えない。だがそこに小学生男子かと言いたくなるような幼稚な対抗心を持ち込むのである。

それでこそ、読売栞《しおり》という人間らしいといえる。

「でも、ああいう真面目な議論って疲れそうですよね」

「そりゃあねえ。常に論を崩さないように気を張ってるわけで、リラックスはできないよね。おまけにあの先生、ちょっとでも論理が矛盾しはじめたらすぐ突っ込んでくるしさ。体力的にもストレス的にも、ほんとはバイトの前にはやりたくないんだよねぇ」

「そのわりにはかなり前のめりでしたけど」

「やるなら全力でやんないと。めんどくてもね。……まっ、わたしは適度に疲れたら適度に回復してるからだいじょーぶ」

「回復？」

「君をいじることで心の健康を保つのだよ。あぁ〜、後輩君との会話はお気楽だぁ」

「それ、上級者が初心者狩りを楽しんでるだけでは？」

「いやぁ、背もたれになってくれてありがとねぇ」

おばあさんのような口調になって、俺の自転車のカゴに手を置いて、ふらりとよろめくフリをする。

「あのですね」

背もたれ扱いやめてくださいと言いかけて、俺はハッとした。

そうか、綾瀬《あやせ》さんと読売《よみうり》先輩の一番大きな違いはこれなのか。

キャットストリートを抜けて大通りが見えてくると、バイト先の書店はもう目と鼻の先だった。結局、自転車で飛ばせる特権をいっさい使わず、ここまで読売先輩と一緒に来てしまった。

工藤《くどう》先生とやらの誘いはどれだけ面倒でも断らず、自分に都合の悪いタイミングだったとしても議論に参加するんだろう。もちろんそれは参加することのメリットを大きく感じているからだろうが、フィジカル面でもメンタル面でも消耗は避けられない。

だが、それでもバランスを崩さずにいられるのはきっと、帳尻の合わせ方を知っているから。

俺のことはある程度、自分の都合で振り回しても許される。

筋の通らない適当な理屈を吹いても、楽しい会話で済ませられる。

そんなお気楽で、良い意味で都合のいい相手をうまく活用して真面目な自分と不真面目な自分を調整しているのだろう。

綾瀬さんにもそういう相手がいれば解決するんだろうか？

「あ……」

そんなことを考えながら俺と読売先輩が書店に入ろうとしたとき、ちょうどいま来たらしい綾瀬さんとばったり出くわした。今日はずいぶんと偶然が重なる日だと思うが、三人とも同じ時間帯のシフトなんだから必然といえば必然か。

「やっほ、沙季《さき》ちゃん！」

「ん。……と、はい、こんにちは。ふたり、一緒だったんですか？」

綾瀬さんにとってもこの遭遇は予想外だったのか、一瞬だけ家で見せるようなクールな表情で口を開こうとしてから、あわてたように友好的な笑顔を繕った。あっけらかんとしているのはこの場で読売《よみうり》先輩、ただひとりだ。

「たまたま予備校の近くで会ってさぁ。ね、後輩君？」

「えっと……はい、そうですね」

返事が遅れてしまう。

俺もついさっきまで綾瀬《あやせ》さんのことを考えていたせいなのか、なぜかこの遭遇に気まずさのようなものを感じていた。何も悪いことなんてしていないのに、可笑《おか》しな話だ。

たまたま、ですか。と、綾瀬さんは舌の上で言葉を転がしてからにこりと微笑《ほほえ》む。

「仮にそういう仲なんだとしても、読売さんみたいな素敵な人なら安心なんですけどね。家族としては」

「えー？　からかい上手だなぁ沙季《さき》ちゃんは」

「先輩の指導の賜物《たまもの》です。ふふっ」

肩を揺らしてたおやかに笑う綾瀬さん。さすがの順応力というべきか、もう読売先輩との会話をマスターしつつある。

けど違和感はあった。

未確定な他人の関係性を予想だけで揶揄《やゆ》するような言動、綾瀬さんがいままでしたことあっただろうか？

そうした綾瀬《あやせ》さんの様子のおかしさやプールについてなど、話したいことが山積みで、俺は何度かバイト中に話しかけようとした。

だがその日はなぜかタイミングが信じられないほど悪かった。

レジに並んで立てば、俺が手が空いたときには綾瀬さんはレジを打っていたし、ブックカバーを折っているときには棚の整理があるようでレジの外へと出てしまっていた。休憩時間に入ったときにようやく「奈良坂《ならさか》さんからの返事きた？」と確認してみたものの、小さく首を横に振っただけで飲み物を買ってきたいからと言って綾瀬さんは自販機のある外へと出ていってしまった。

なんとなく会話を避けられているような気さえしてくる。

そうこうしているうちにあがりの時間が来て、俺はいつもと同じように帰りの用意を済ませて綾瀬さんを待っていたんだが。

更衣室から出てきたのは読売《よみうり》先輩だけで。

「あ、後輩君に伝言。沙季《さき》ちゃん、寄っていきたいところがあるから先に帰るって」

「へ？」

読売先輩に言われて俺は目をしばたたく。だって、そんなこと何も言ってなかったぞ？

慌てて携帯を取り出して確認してみたけれど、やっぱり綾瀬さんからは一行も連絡が入っていなかった。呆然《ぼうぜん》としていたら、手に持っていた携帯が震える。着信だと気づいて慌てて画面に目を落とすと、通知の一行目が画面を走った。

『買い物してくから先に帰っててていいよ』

LINEを開いても全文もその一行だけだった。了解、と返す。夜の10時過ぎまで開いている店がないわけじゃない。俺と一緒だと買いにくいものを買いたいのかもしれない。とはいえ突然過ぎたのも気にはなる。

避けられている？という想《おも》いがふたたび脳裏をよぎった。いやいやまさか。

考えごとをしながら自転車を漕《こ》いでいたらいつの間にかマンションに着いていた。

飛ばせばこんなに早く帰れるもんなんだなってあらためて思い出した。じゃあ、早く帰りたかったのかって自分の心に問いかけてみると、どうやらそういう気持ちでもなさそうなのだけれど。

綾瀬さんと肩を並べて帰ることに、俺はいつの間にか慣れてしまってたみたいだ。

自転車をマンションの駐輪場へ停《と》め、エレベーターに乗って自宅のある階へと昇った。

月曜日だから親父《おやじ》は家に戻って、朝が早いからもう寝てしまっているはずだ。亜季子《あきこ》さんのほうは勤務中だろう。

ただいま、と親父を起こさないよう、つぶやくように口にしてからリビングへ。

いつもだったらそのまま即座に一緒に帰ってきた綾瀬さんが夕食の用意をしてくれると

ころだけど……。甘えてばかりもな。よし、やっておくかと俺は冷蔵庫を開けた。サラダを発見。それと、ラップを被《かぶ》せた片手鍋があったので中を覗《のぞ》く。

「味噌汁《みそしる》か」

夏だから作り置きはぜんぶ冷蔵庫か冷凍庫に放り込んである。

すぐに帰ってくるだろうと、綾瀬《あやせ》さんのぶんの味噌汁の椀《わん》とお茶碗《ちゃわん》を自分のと同時に食器棚から出して並べておく。よそうのは帰ってきてからでいいだろう。サラダを出して、さて、主菜は何だろうと、もういちど冷蔵庫と冷凍庫を漁《あさ》ると、冷凍庫のほうに小さなプラスチックの冷凍パックがいつの間にかゴロゴロ入っていることに気づいた。

「なんだこれ？」

取り出してみると混ぜご飯だ。凍らせてある。茶色の出汁《だし》色に染まった米とともに、細切りになったシイタケやら人参《にんじん》やら油揚《あぶらあ》げらしきものが混ざっているのが見て取れる。

「ただいま」

声に振り返ると、綾瀬さんが扉を開けて入ってくるところ。

「なに？　あ、ご飯……ごめん、今すぐ用意する」

「ああ、いや、いつもやってもらっちゃってるからさ。たまには用意しておこうと思ったんだけど。これ、どうすればいいの？」

プラスチックの容器に入った混ぜご飯を掲げる。そもそもご飯を炊かない生活だった俺の頭の中には、大量に炊いて冷凍保存するという発想がなかった。今までにもやっていたのかな？　冷蔵庫と電子レンジを往復する姿を日常的に見ていても、何をやっているかまではいちいち気にしていなかった。

「ああ、うん。今日は作り置きしていったから。電子レンジで温めるだけ」

「……何分？」

「レンジに書いてあるよ」

そう言われてもピンとこなかったが、素直に電子レンジを確かめる。確かにタイマーのところに幾つかの食材の温める目安が——。

「あ、これか」

なんと、お茶碗によそったごはんのイラストとともに「あたため」の文字。この電子レンジ、五年間使ってきたけど今までぜんぜん意識したことがなかった。

俺はふたりぶんの冷凍パックを放り込んで電子レンジをスタートさせようとした。

「あ、待って。蓋、取って」

四角く底の浅い冷凍パックの蓋を取れと言う。首を傾《かし》げる俺。

「蓋をしたままだと中の凍ってた氷が解けてお米がべた付くのが嫌なの」

「なる……ほど？」

よくわからないが、そうしたほうが美味《おい》しいというなら、言われたとおりにするほうがいいだろう。俺が混ぜご飯を温めている間に、綾瀬《あやせ》さんは冷蔵庫から取り出した味噌汁《みそしる》を温めていた。

シイタケその他の入った混ぜご飯に、豆腐《とうふ》の味噌汁、それからサラダ。綾瀬さんは冷蔵庫に入っていたプチトマトを何個か洗って四つに切ってサラダの上に乗せた。レタスとキャベツと細切り大根《だいこん》の緑と白のサラダに赤い色が加わって見た目が華やかになる。

「これだけでも美味《おい》しそうになるね」

「家庭の和食って、どうしても見た目が茶色っぽくなりがちだし。だから、トマトとかパプリカとかをちょっと入れると、アクセントになっていいよ」

パプリカとはカラフルなピーマンのような感じのものだ。赤とかオレンジとか黄色とか多彩な色がある——というのは食卓に載るようになってから調べた。ちなみにピーマンほど苦くないので洗えばそのまま食べられる。

綾瀬さんが料理を担当するようになってから、たまに食卓に変わったものが出てくるようになった。俺と親父《おやじ》の食材に関する知識が古いだけかもしれないが。でもブロッコリーやカリフラワーはともかく、ロマネスコなんていうフラクタルな野菜は出前や弁当だけ食べていたら出会わないと思う。

「色々工夫してるんだなぁ」

いつも何も考えずに食べるだけなのが申し訳なくなるな。

「工夫ってほどのこともないと思うけど」

「いやいや、いつも感謝してます。俺も高額バイト……はもう諦めるとしても、自立の為《ため》の支援は惜しまないからさ」

「勉強中のBGMを探してくれただけでも私はありがたいかな。だからおあいこ」

そう言って静かに微笑《ほほえ》む。

このときだけは、ここ数日のなんとなくぎくしゃくしていた雰囲気がほぐれた気がした。

綾瀬さんが緑茶の茶葉を急須に入れている。それを見て俺は食器棚からふたりの湯呑《ゆの》みを出して綾瀬さんの前に置いた。お茶を淹《い》れてから、俺たちはいただきますをして夕食を食べる。

温めた混ぜご飯は出汁《だし》がほどよく染みていて美味しかった。綾瀬さんの言ったとおりべタついてもおらずほくほくしている。

「足りなかったら、冷凍庫にまだあるから温めて食べていいよ」

「いや、もう遅い時間だし。これだけで充分」

壁の時計を見ると時刻はもう午後11時を回っている。食べて風呂に入ればもう寝ないといけない時間だ。テスト前ならともかく。綾瀬さんは風呂を俺の後に入るのだから、俺がいつまでも食べていると彼女の寝る時間がますます遅くなる。

和やかな食事の時間だった。俺は迷っている。昼の返事をもらえないまま一日が終わろうとしていた。ため息をついてから俺は口を開く。

「ええと……。で、奈良坂《ならさか》さんのプールの件なんだけど」

「またその話？」

「だって、まだ肝心の奈良坂さんの連絡先、聞いてないからさ。あっちも俺の返事を待ってるなら、そろそろ返事をしてくれてもいいと思うんだ」

「……わかった。教える」

少しムッとした様子の綾瀬《あやせ》さんがテーブルに置いていたスマホを操作して、連絡先を教えようとしてくる。

「待って」

俺は手のひらを前に出して、ちょっと待っての仕草を取る。

顔をあげた綾瀬さんが訝《いぶか》しげな表情を見せた。

「奈良坂さんの連絡先はどうでもいいんだ」

「……なに？」

「もっと言えば、俺はそこまで奈良坂さんたちとプールに行きたいわけじゃない」

綾瀬さんの表情が不審げなものから、きょとんとしたものに変わる。いったい俺が何を言い出したのかわからない、そんな顔つき。なんというか、想像していたところの斜め上の見えないところから殴られたとでもいうような。

そう、俺は今から彼女の想像を超えたことを言おうとしている。

綾瀬さんがプールに行きたがらないのは構わない。そして彼女の自由意思を尊重するなら、あくまで彼女が自分から翻意するまで待つべきだろう。

他人の意思に介入して変化を起こそうというのは、物語に毒された奴《やつ》のエゴだと思う。現実は物語じゃない。だからこんなのはしっぺ返しを食らってしかるべき痛々しい行為なのだ。わかってるさ。それでもなお、俺は彼女が心配なのだった。

「俺は綾瀬さんにプールで遊んで欲しいんだ」

「わけわかんない」

綾瀬さんはまるで宇宙人を見るような――いや、宇宙人に会ったことなんてあるはずないからわからないけど――目つきで俺を見ていた。

構わず続ける。

「だからさ。俺がプールに行きたいと言ったのは、そう言えば綾瀬さんも行く気になるかなと思ったからなんだよ。奈良坂さんの連絡先を聞いたのも、俺ひとりで楽しんでくるなんて、って羨ましがるかなって思ったからで」

「私が？」

「君が」

「どうして羨ましがるの？」

本気でわからないという顔をしてみせる。それが、自分でも気づかない自分の気持ちと一致していたのならばどれだけ安心できるだろう。

「だって、行きたいんだろ、プール」

綾瀬《あやせ》さんは口を閉じた。唇をぎゅっとくっつけて意地でも言葉を出さないぞという顔をしていた。

「亜希子《あきこ》さんに聞いたんだ。綾瀬さんは、暑さに弱くて、夏になるとアイスをねだったり、プールに連れて行ってくれとねだったりする子だったって。今だって、暑いのはダメなんだろ？」

「そんなこと――」

「あるさ。だから、エアコンが壊れたときだって、さっさと自分の部屋に引っ込んだんだ。そんな綾瀬さんだったら、友人からプールに誘われたら、ちょっとくらいは行きたいって思ったはずだ。違う？」

「なんでそんなにプールに行かせたいの」

「親父《おやじ》が言ったこと、覚えてる？　三年生になったらいま以上に受験に集中しなくちゃいけないだろうし、もう少し遊んでもいい。そう言ってたろ？」

「言ってた、けど……」

「綾瀬さんが少しでも早く独立したいって思ってるのは理解してる。でもだからといって、毎日そんなに根を詰めていたら目標達成前に倒れてしまうよ。俺はそれを心配しているんだ」

「心配……」

「そう。俺はさ、綾瀬さんにもう少しだけでいいから余裕を持って欲しいんだよ。その為《ため》には、休んで羽を伸ばすことも必要かなって」

言いたかったことはぜんぶ言った。

俺は綾瀬さんの返事を待った。

「そんなこと……わかんないよ」

整えた細い眉を下げて綾瀬さんはテーブルに視線を落とした。

「だってほんとにプールなんて行ってる時間ないから。ないんだもの」

「綾瀬さん……」

唇をぎゅっと閉じたまま綾瀬さんは、テーブルの上の付箋紙になっているメモ帳に手を伸ばした。挿してあるボールペンを取ると携帯を見つつメモの上に何かを書きつける。それを叩《たた》きつけるようにして俺の前に貼り付けた。

「勉強するから」

そう言って流しに食器を置くと自分の部屋に篭《こ》もってしまった。

「だめか……」

俺はため息をつきながら目の前に貼られた付箋紙に視線を落とした。

電話番号だ。殴り書きのような字で下に「まあや」と添えてある。ということは奈良坂《ならさか》さんの電話番号なんだろう。

「俺だけが行っても仕方ないのに」

肩を落としたまま、俺は後片付けをしてから部屋に戻った。

●8月25日（火曜日）

目が覚めてからベッドに横たわったまま ずっと考えている。

俺は失敗したんだろうか。

「したんだろうなぁ」

天井に向かって発した声は、誰に聞かれることもない。ふたたび自分に降ってくる。

顔を傾けて時計を見る。もう昼だった。けれどもまだ眠かった。考え込んでしまったせいで昨日はあまり眠れなかった。

どうしたら綾瀬《あやせ》さんの強張《こわば》った意識をやわらげることができるんだろう。

強張った……そう、そんな感じだ。綾瀬さんの精神は硬く、強い。

それゆえに脆《もろ》い。

二ヶ月になる同居生活を通して、俺は綾瀬さんについて多少なりとも詳しくなったと思う。最近は毎日のようにバイトで顔を合わせているのだからなおさらだ。

綾瀬さんはたぶんこんなふうに考えている……。

子どもというのは与えてもらうのが当たり前だと思っている。つまり、ギブよりテイクのほうが多いと。

子ども時代の綾瀬さんはアイスをねだったりプールをねだったりする、どこにでもいるようなふつうの子どもだった。つまり、一方的にテイクを要求する存在だった。

それは当たり前のことで自然なことだ。

ただ、綾瀬《あやせ》さんはそうは思っていない。そこが重要なんだ。

家庭の事情ゆえに綾瀬さんは小学校の高学年になる頃には子ども時代を終わらせてしまって、自分が子どもであることを許さなくなっていった。

世の中はギブ&テイク、ただしギブは多めに。

それはテイクだけの子ども時代——母親だけが苦労していた時代（少なくとも綾瀬さんはそう感じている）を後ろめたく思っている彼女なりの戒めなのかもしれない。

早く一人前になって母親の負担を減らしたい、と考えるようになった綾瀬さんにとって、与えられるだけだった子ども時代はある意味で黒歴史なのだ。自分がわがままを言ったことで、苦労していた母の負担がさらに増えたのだと。

これは皮肉だ。

亜季子《あきこ》さんは言っていたじゃないか。

『わがままな子どもの時間をもう少しあげたかったな』

なんだか考えていると胸が重くなってくる。お互いがお互いのことを想《おも》っているのに、互いに求めているものは違う。

母親はもう少し子どもでいて欲しかった。

子どもはもっとはやく大人になりたかった。

両立させることはできない、背反事象。

すり合わせもできない。綾瀬さんはまだ子どもだった。

今の綾瀬さんだったら、亜季子さんと話し合って、互いに思っていることを言い合ってすり合わせることもできたかもしれないが。

綾瀬さんは、すべてを呑《の》み込《こ》んだまま、大人への階段を昇ってしまった。自らの子ども時代を負債の如《ごと》く背負いそれを少しでも早く返そうとして、そうしてあの行き過ぎた自責主義へと行きついてしまった。

だから——。

余裕をもつことができない。

無心に遊ぶことができない。

プールに行きたい、と思ってしまう自分を許すことができない。

『だってほんとにプールなんて行ってる時間ないから。ないんだもの』

そう言ったときの綾瀬さんの表情は、いつもと同じドライなものだったけれど、言葉には切羽詰まっている者の響きがあった。

俺が何も言えなくなったのはそのせいだ。

もしも物語の主人公のように気の利いたやり方をして、もっとドラマティックな流れで何かをしたら、もしかして綾瀬《あやせ》さんは考えを変えたりしたんだろうか。

いや、違う。そんな現実逃避な考え方では駄目だ。助けになろうとするなら、もっと地に足のついた考え方をしなければ。

ベッド脇の時計のアラームが鳴った。

いくらなんでもそろそろ起きる時間だった。

俺は少し乱暴に電子音を止めると、ベッドから体を起こした。


いざ起きてみれば、朝食と昼食の狭間《はざま》の時間だった。

リビングに立ち尽くしたまま、さて食事をどうしようと考える。何か食べるか。それとも昼飯の時間までこのまま空腹をやり過ごすか。

いつもなら、親父《おやじ》が会社に行く前には起きて朝食を作っているはずの綾瀬さんは、まだ眠っているようだ。それは食卓を見ればわかる。そういうときもある。みんな、綾瀬さんに朝食を作ってもらえるのを当たり前だなんて思っていないから。

実際、期末テストのときは、親父も亜季子《あきこ》さんも、綾瀬さんには無理をしないでいいからと料理をさせなかった。

さて、と、腹は。

減ってるな。パンでも焼いて食べるか……。

思案していると、リビングに続く扉が開いて綾瀬さんが現れた。

「……あ」

「おはよう、綾瀬さん」

「……おはよう」

ひどく眠そうだ。瞼《まぶた》がちゃんと開いていないように見える。自宅の中でさえ崩さない凛《りん》とした雰囲気がまるで消えていた。服装もいつもよりもゆるい。攻撃力も防御力も足りていない感じ。

「寝てないの？」

「寝たよ……6時くらいには」

それは寝たとは言わない。もう明るくなってるじゃないか。仮眠レベルだ。

「もう少し寝てたほうがいいよ。バイトは夕方からだしさ」

「だいじょうぶ。……いまなんじ？」

言いながら綾瀬さんはのたのたと顔をあげて時計を見た。ぼんやりとしていた目の焦点が結ばれる。目を瞠《みは》った。

「えっ……。こんな時間――」

そう言ってからはっとなってテーブルを見回す。もちろん何もない。

「ごめんなさい。お義父《とう》さん、何もなかったよね」

「だいじょうぶ。ちゃんとパンは食べていったみたいだから」

トーストを乗せたと思《おぼ》しきパン屑《くず》の散った皿が流しに置いてある（食洗器に入れる時間までは取れなかったようだ）。使ったバターやらジャムやらは冷蔵庫に戻したんだろう。

まあ、綾瀬《あやせ》さん母子《おやこ》が我が家にくるまでは、俺も親父《おやじ》も大抵いつもこんな感じの朝食だったし。食べていっているだけ上等なほう。

綾瀬さんが引け目に思う必要はないよ。

そうフォローのつもりで俺はあれこれ言ったのだけど、綾瀬さんの耳には届いていないようで、自分のミスだとばかりに唇を噛《か》んだ。

「こんなに寝過ごしたの初めて」

「疲れが溜《た》まってるんじゃないかな？　もう少し休んでていいからさ」

「そんなこと……。ほんと、ごめん！　浅村《あさむら》くんもまだ食べてないんでしょ？　すぐになにか作るから」

ありがとう、と任せるには綾瀬さんの状態は明らかな寝不足なのだった。目の下にうっすらとクマが見えるし。

「綾瀬さん」

俺は少し改まった口調にして呼んだ。

「は、は……い？」

「逃げずにしっかり聞いてほしい」

「えっ……ちょっとその。なに？」

「あのさ、綾瀬さんがこの家に来たとき、君が言ったこと覚えてる？」

彼女ははっとなった。覚えているらしい。

「……こういう『すり合わせ』ができるの、地味に助かる……？」

俺は頷《うなず》いた。そう、それ。

互いに最初から手札をストレートに開示してしまおうと。情報を交換し、その上で互いの感情やら何やらをすり合わせて付き合おうと。なので俺は感じたままを言う。

「俺は、今の綾瀬さんは寝不足だと判断した。反論してもいいけど、鏡を見てほしい。その状態で食事を無理して作ってほしくない。体を壊すんじゃないかと心配になる。なんなら、椅子に座っててくれていい。俺が作るから。これが俺の率直な意見」

「う……。でも、食事の用意をするって言ったのは私だから」

「原則は原則。現場は臨機応変。本日の綾瀬さんのミッションは食事を作ることより寝ることだと俺は進言する」

「で、でも」

「俺も普段の綾瀬さんなら、こんなことは言わない。自分で言ってたように、こんなにも寝過ごしたの初めてなんだよね？」

「……うん」

「だったら、これは異常事態だ。そんな状態なんだから、無理していつもどおりにすることないよ。ほら、座ってて。もちろん部屋に戻って、寝ててくれてもいいけど」

言いながら、俺はいつも綾瀬《あやせ》さんが座っている椅子を引く。フローリングの床がかすかな音を立てた。

「単なる寝不足だから」

「うん。でも、単なる寝不足で充分に綾瀬さんはこの椅子に座る権利があります。ほら」

「……はい」

観念したのか、綾瀬さんは俺の引いた椅子に腰を落とした。

こんなに弱ってる綾瀬さんを見るのは初めてだ。

さて、と。

「トースト一枚くらい食べれる？」

頷《うなず》いたので俺は自分のぶんを合わせて二枚、食パンをトースターに放り込んだ。冷蔵庫からバターとジャムを取り出して綾瀬さんの前に並べる。バターナイフとスプーンもだ、もちろん。ついでに薄切りハムを見つけたのでそれも取り出した。

「ハムは焼く？　いつもそうしてるみたいだけど」

「そっちのほうが好きだから」

「少し焦げめが付くくらいにしてたよね」

「……そっちのほうが好きだから」

「わかる。お焦げは美味《おい》しいね」

意見の一致を見たので、俺はフライパンに薄く油を引いてからＩＨのコンロでハムに軽く火を通した。じゅう、という音が立つと、腹を空《す》かせていることが強く意識される。どうして肉の焼ける音ってのは食欲をこんなに刺激するんだろうな。

ほどよくきつね色になったパンを皿に乗せてテーブルへ。ほどよく焦げたハムも別の皿によそってから軽く黒胡椒《くろこしょう》を振った。これも、いつも綾瀬《あやせ》さんがやってることだ。あれ？　胡椒を振るのは焼く前だったか？　……まあいいか。

ふと思い立って冷蔵庫を開ける。牛乳が残っている。

「ホットミルク、飲む？」

「暑いのに、熱いミルク……」

「エアコン効いてるから部屋は涼しいでしょ。もうひと眠りするなら温かい飲み物をお腹《なか》に入れておくといいかなって思ってさ」

そう言ったら、綾瀬さんはまた黙ってしまった。

「……もらう」

「うん、了解」

牛乳をカップに注《つ》いで電子レンジで温めてから綾瀬さんの前に置いた。

自分のぶんの麦茶を注いだコップを置き、席に着いてから俺も両手を合わせる。

「じゃ、いただきます。ほんとは野菜があったほうがいいんだろうけど」

「充分……。いただきます」

ぼそっと言ってから、パンにバターを塗ってハムを乗せてから小さな口で齧《かじ》った。

俺も同じようにして食べる。

しばらくはふたりして会話もせずに黙々と食事を続ける。

けれど、薄いパン一枚の食事などあっという間に終わってしまうわけで、それが終わると綾瀬さんはカップを両手で抱えるようにしてちびちびと飲み始めた。俺は空っぽになった自分のコップを見つめて、もう一杯飲もうかどうしようか考えていた。

ため息のような吐息を綾瀬さんが零《こぼ》した。

カップを置く。こつんとテーブルに当たる小さな音だけが響く。

「ずっと考えてたの……」

そう言ってから、ほんの少しだけまたカップの中のミルクを飲む。まるでそれが勇気を絞り出す特別なアイテムであるかのように。

「……プールに行ってもいいよ」

俺は麦茶のお代わりをすべく冷蔵庫に伸ばしていた手を引っ込める。慌てて綾瀬さんのほうへと振り返った。

「行く気になったの？」

「今は。寝る前までは絶対行くものかって思ってて……ううん、ちがうね。迷ってた」

「6時くらいまで？」

「でも、今は行く気になった？」

こくりと頷《うなず》いた。

「朝、起きたら、なんか……それでもいいかなって。でも、今さら言いづらくて」

それを聞いた俺がどうなったかというと。

一気に力が抜けた。椅子の上で水母《くらげ》になりそうなくらい。

ドラマティックな展開も何も必要なかった。綾瀬《あやせ》さんはただ、一晩、眠れなくなるほど考えてから寝て、起きたら考えが変わっていた。それだけだ。

ああ——現実だとこうなるのか。俺は妙に納得してしまった。現実で必要なのは、誰かの八面六臂《はちめんろっぴ》の大活躍なんかじゃなくて、たったひとことの些細《ささい》なきっかけなんだろう。小さなきっかけで人はころっと宗旨替えをするものだと何かの本で読んだ気がする。

「でも、問題があるの」

えっ？

「浅村《あさむら》くんにも関わる重大な問題」

「泳げないとか？　教えられるぐらいの腕はさすがにないけど」

「それはいらないから。泳げるから」

「だよね」

　さすがにそんな理由ではなかった。それどころか、もっと切実なもので、確かに俺にも関わる重大な問題だった。

「プールは行かないつもりでいたから、その日はバイトを入れてあるんだよね。浅村くんもシフト入ってるはず」

「プールの日って」

「明後日《あさって》。27日」

「うわ……マジか」

「うん。まじ」

　俺たちは明日の26日が休みで、次の日の27日はシフトに入っている。

　参ったな。せっかく綾瀬さんが翻意してくれたのに、このままじゃふたりともプールに行くことなんてできない。

　俺は少しだけ悩み、それから世間的にはきわめてありふれた解決策を綾瀬さんに提示することにした。

「せっかく行きたくなったんだからさ。なんとかしよう」

「なんとかできる？」

「まあこういうこともよくあるから、大丈夫だと思う」

「よくある。そうなんだ……」

「ああ。シフトを交換してもらう。簡単だろ？」

できるだけ自信ありげに見えるように言ったつもり。

アイデアが簡単でも、実現には困難を伴うものもあるってことは充分承知していた。


日差しが斜めになって強烈な暑さがほんの少しだけ和らぐ時刻。

渋谷《しぶや》の午後4時半。アスファルトの焦げた匂いが立ち込める中、車道側に自転車を置いて俺は綾瀬《あやせ》さんと並んで歩いている。

示し合わせてバイト先の書店に早めに行くことにしたのだ。店長にお願いするにしても勤務時間中はまずいと思っての判断だ。

前にも言ったことだけれど、一緒に通うためには自転車か徒歩かどちらかがどちらかに合わせなけりゃならない。俺も綾瀬さんもそういう気の遣い方は好きじゃなかった。けれども、それは何も理由がなければだ。

まあ、まさかこういう理由で一緒にバイト先に行くことになるとは思わなかったけれど。

「曇ってきた。よかった」

綾瀬さんが空を仰ぎ見ながら言った。

確かに空の半分ほどが、いつの間にか雲に覆われている。

まだ青空が見えているから、暗くなってはいないけれど、ほんのりと空気がひんやりとしたように感じる。息苦しさがほんのわずかだけ減った。

片手で顔をあおいでいた綾瀬さんは、手を止めて肩から提げているバッグをかけ直した。

少し大きめに見えるけれど、店の制服は毎日持ち帰りだからな。

綾瀬さんは、今日はいつもとは印象の違う着こなしをしていた。

夏らしく明るい色のトップスには袖も襟も付いていて肌の露出は少なめだ。男性ならばネクタイのある位置に、細いリボンがタイのようにぶらさがっている。綾瀬さん流に言えば、攻撃力は低めだけれど、防御力は高めと言ったところか。

礼儀を尽くしての交渉になる。そう言っておいたから、この服装なのかな。

確かにちょっといつもよりかっちりしてる印象。

ただ、耳許《みみもと》に光るピアスは外していないところが、蜜蜂の針のように油断すれば刺すぞと言っているようで、きわめて綾瀬さんらしい。あと、露出が少ないぶんだけ少し暑そう。

「暑くない？　だいじょうぶ？」

「曇ったからへいき」

「ちゃんと眠れた？」

「寝たよ。二時間」

まだ少ない気もするけれど、これ以上は言っても詮無いだろうし、綾瀬《あやせ》さんを子ども扱いしすぎる。俺は綾瀬さんを子どもに戻したいわけじゃない。

そんなことを考えていたら自然と会話が途切れた。

しばらく無言でふたり歩く。

道路を走る車の、やたらと多い交通量からくる音や近所迷惑など考えずに派手な音楽を鳴らして走る宣伝トラックの騒音が耳に届くと、ああ、いつもの渋谷《しぶや》が近いなぁと思えてくる。

雰囲気が切り替わった隙間に差し込むようにさりげなく、綾瀬さんは口を開いた。

「昨日はごめん」

「プールの話？」

「それもごめんだけど、もうひとつ。読売《よみうり》さんと来たとき、私ちょっと嫌なこと言ったと思う」

「ああ……」

少し違和感を覚えた会話のことか。

俺と読売先輩がそういう仲なら家族としては安心――読売先輩が喜ぶ冗談のノリだと言

って笑って流していたけれど、確かに綾瀬さんはそういうのを好まないのではないか？と俺は疑問に思っていた。

男と女、ふたりで歩いてたら自動的にカップルみたいなもの。そういうステレオタイプな決めつけは、仮に頭の中でそう予想したとしても本人に面と向かってぶつけるものではないと彼女なら考えそうなものだった。

「モヤモヤを隠しておくのは約束違反だもんね。大丈夫、しっかり開示する。できる」

自分に言い聞かせるように言って、綾瀬さんはゆっくりと自分の主張を言葉に変換していく。

「なんていうか、ふたりが付き合ってるならハッキリそう言ってほしくて」

「なるほど。それは、どうして？」

「わからない。……ということにさせて」

変な言い回しだと思った。わかっているが答えられない、という意味だろうか。

読売先輩との関係を探るような言動、俺と目を合わせようとしない綾瀬さんのしぐさ。そのどちらもが意味深に感じられて、とくとくと、何かを期待するように心臓が動きを速めていくのを自覚する。

――何が期待だ。いいかげんにしろよ、浅村悠太《あさむらゆうた》。

先走りそうになる自分の心を諌《いさ》めて、おとなしく綾瀬さんの次の言葉を待つ。

「一緒にバイトしたからわかるけど、あの人、すごくいい人だよ」

「それはそうだね」

「優しくて、気が利いて、美人で。賢くてなんでも知ってるし、ユーモアたっぷりで話してて全然飽きないくらい楽しい人」

「ぐうたらなところもありそうだけど。あと下ネタ多めだし」

「そういうのは欠点じゃなくて、可愛《かわい》げ、って呼ぶの。……って、私に言われるまでもないか。浅村《あさむら》くんのほうが長く働いてるんだし」

なんで読売《よみうり》さんのプレゼンしてるんだろ、と彼女は苦笑した。それは俺も訊《き》きたかった。

結局のところ何が言いたいんだろう。

「あんな人だったら『姉さん』でもいいと思えただけ。本当は、こんなふうに浅村くんを縛りかねないこと口にすべきじゃなかったんだけどね。ついこぼしちゃった。ごめん」

昨日のあの反応に至る経緯を、綾瀬《あやせ》さんはよどみなく説明した。

まるで事前に話すべき内容を整理しておいたメモを脳内でカンニングし、ただ読み上げているかのようなよどみなさだった。

ねえそれ、本当に本音?

そんな疑問はぎりぎりのところで喉の奥に呑《の》み込《こ》んだ。彼女がきちんとモヤモヤの正体を開示すると言って、手札を晒《さら》したと言っているのだ。そこに嘘《うそ》があるかもしれないと疑えば、俺たちの関係の大前提が崩れてしまう。

だからいま俺のすべき返事は、ただ頷《うなず》くことだけだ。

「うん、許す。だからこれ以上、謝らなくていいよ」

「うん、了解」

これで終了。この話題は引きずらず、すべて水に流す——。

俺と綾瀬さんにとって、これこそがもっとも心地《ここち》好《よ》い関係のはずだった。

しかしどうしたことだろうか。喉の奥に小骨が引っ掛かったような、捉えどころのない心地悪さが拭えずにいた。

駅に近づくにつれて人の数が増えてくる。まだサラリーマンの仕事が終わる時間とは思えないのに、もうネクタイをした男の人もヒールを踏み鳴らす女の人の姿もあって、そこに夏休みの学生たちの姿が混じっている。

自転車を駐輪場へと停《と》めるときになって気づいた。しまった、と舌打ちをしたら、綾瀬さんが驚いたような顔をして俺を見る。

「どうしたの？」

「ひょっとしなくても、綾瀬さん」

「なに？」

「一緒に行き帰りするんだったら、俺、何のために自転車を押してきたんだろう？」

行き帰りずっと行動を共にするのなら自転車は家に置いてくればよかったのでは？

「え？」

綾瀬《あやせ》さんが何を言ってるんだ、という目で俺を見た。

「――意味があるからじゃないの？」

「いやまったく。つい習慣で」

「ま、まあ、そういうこともあるよ……ぷっ」

「習慣は怖《おそ》ろしいな」

「そういうことにしておく」

目が笑ってる。おのれ、人の失敗を笑うとは。

まあ……最近ずっと緊張した面持ちでいたし、どんな理由であれ笑えたんならそのほうがいいか。

自転車を停《と》め、待っていてくれた綾瀬さんと合流して従業員用の入り口から入る。そのまま先輩の店員を見つけ、店長の居場所を聞いた。

事務所の扉を開けると、島になった机の窓側に店長が居た。

「おや……浅村《あさむら》くんと浅村さん……ああいや、綾瀬さんだったな。こんにちは」

言い間違えるのも無理なきこと。戸籍上、書類上は綾瀬さんの本名は浅村沙季《さき》になっている。

親父《おやじ》と亜季子《あきこ》さんは事実婚ではなく正式に籍を入れているため、うちの家族はもう全員浅村姓になっているのだ。しかし学校や職場などでは対外的な利便性を重視して、綾瀬さんたちは旧姓を名乗るようにしている。別に我が家だけが特殊というわけでもなく、最近は結婚してからも名簿や名刺、メールなどの苗字《みょうじ》は変えずにこれまで通りに活動する社会人は増えつつあるのだとか。

綾瀬さんにとっては新しい関係性を構築する場となるバイト先、あらためて浅村沙季と名乗ってもいいところではあったが、俺の妹と知られて特別扱いされたくない、という想《おも》いがあったらしく、結局綾瀬姓のままでバイトを始めていた。俺がふつうに綾瀬さんと呼ぶものだから、今までいちども他の店員にバレたことはない。

「こんにちは。お邪魔いたします。あの……」

「ん？」

俺たちが挨拶を済ませても立ち去らないことに気づいて店長はあらためて顔をあげた。まだ三十代後半だというのに店を任されているだけあって、店長はこう見えても当たりの優しさによらずやり手だという噂《うわさ》だった。

「何かあったかな？」

「ええと、突然ですみません。俺たち……俺と綾瀬さんは26日が休みで明後日《あさって》にシフトを入れているんですけど、26日と27日、交換してもらえませんか」

「交換……？　いきなりだね。何かあった？」

「ええと」

こういうとき下手な嘘《うそ》をつくとバレたときにどうにもならなくなる。俺は今のバイトを失いたくはなかった。重要なのは嘘をつかないことと、しかし、聞かれてもいないことをこちらから先に喋《しゃべ》らないことだ。

だから俺はただこう言った。

「実は友達からいきなり遊びに誘われたんです」

俺と綾瀬《あやせ》さんが同じ高校に通っていることを店長は知っている。だから店長には共通の友人から誘われたのだと伝わる。奈良坂《ならさか》さんと親しいのは綾瀬さんのほうで、俺は辛うじて友達扱いされている、と温度差はあるのだが。そこは言わない。

続いて綾瀬さんが言う。

「彼女、昨日まで旅行に行ってて」

これも嘘はついてない。

奈良坂さんが昨日まで旅行に行っていたというのも本当。

それを聞いて奈良坂さんが俺にコンタクトを取ってこなかった理由もわかった。

そりゃあ、旅行先からわざわざ俺に電話したりメッセしたりしないだろう。まして綾瀬さんには伝えてあるわけだし。

けれど、俺たちの発言は、実のところそこまで正直でもない。たとえば「いきなり」というのは俺にとってであって、綾瀬さんにとっては実はそうじゃない。

だからその発言は俺が担当し、奈良坂さんの旅行事情は綾瀬さんのほうが話した。

嘘などつかなくとも真実を隠すことはできる。あまりお勧めしたい交渉術ではないけれど。

大事なのはここから。誠意をしっかり伝え切る。

「勝手なことだとわかっているんですけど、お願いします」

深々とお辞儀する。俺に倣って隣の綾瀬さんも頭を下げた。

「ふむ。ちょっと待ってくれ」

そう言って店長はなにやら目の前のパソコンを操作しだした。

どうやら勤務予定表を見ているようだ。

「ふたりぶんか……」

下げていた頭をあげた俺は綾瀬さんの顔を窺《うかが》う。心配そうな表情をしていた。さて、どうなるか。断られたときは次の手を考えないといけない。もちろん違法ではないし店側が断れるはずもないのだが、関係を壊してまで無理な交渉を押し通す気はなかった。……いまは、さすがにそこまでする時じゃない。

「27日は木曜日だったね。ふむ」

そう言って店長は店の電話機を手に取って、どこかへ電話をかけ始めた。おそらく交代候補のスタッフに対して。簡単な事情説明を一言、二言かわしてすぐに電話を切る。それを、二回ほど。

「だいじょうぶだってさ。明日の二人はどっちもシフトの融通利くタイプのベテランさんだから。交代しても全然問題ないって」

「本当ですか！」

「ああ」

そう言って、にっこり笑顔を作ってから店長は続ける。

「その代わり、交代する明日はしっかり働いてね」

見事な飴《あめ》と鞭《むち》だった。まあ、大人に高校生が敵《かな》うはずもないよな。もしかしたら姑息《こそく》な言い訳も見抜かれているのかもしれない。けれど、いま大切なのは綾瀬《あやせ》さんにうつつを抜かしてもらうことだった。それが達成できるならなんでもいい。

釘《くぎ》を刺してきた店長に俺たちはしっかりとした声を作って返事をする。

「はい。頑張ります！」

「は、はい！　私も！」

俺と綾瀬さんはそろってもういちど深々と頭を下げた。

事務所を出る。

扉を閉めると、綾瀬さんはほうと息を吐いた。

「ほっとした」

「よかったね」

「人生でいちばん緊張したかも」

「それは言い過ぎでは？」

制服に着替えると、もうシフトの時間だった。

今日は二人で追加注文で入ってきた本を棚に並べるのが仕事だ。入荷した本の詰まった段ボールを台車に載せて本棚の森を回る。

「綾瀬さん、次は……あっち。新書の技術書だから」

「はい。浅村《あさむら》さん」

言いながら、段ボールの中から本を数冊取り、台車の到着を待っている時間がもったいないと、先回りして棚へ。さっさと空いてしまっている棚に本を差していると、ひと足遅れて台車が到着する。そこからはふたりして本を並べた。

「時間を節約してくれて助かる」

「浅村さんのほうが凄《すご》いですよ。棚の配置をぜんぶ覚えていて効率的に回ってくれるから」

「さすがに全部は覚えてないんだけどね」

今日入荷した本は俺の得意ジャンルのものが多かったから、ざっと段ボールの中を見て、効率的な棚の回り方を構築できただけだ。ただの幸運のたぐいである。

想定していた時間よりも、おそらく十五分は早く段ボールが空っぽになった。

「よし。じゃあ、休憩しよう」

「はい」

台車をバックヤードに戻すと、俺と綾瀬《あやせ》さんは休憩室へ向かった。

給湯器の冷たいお茶を紙カップに注《つ》いで椅子に座る。

「浅村《あさむら》くんってさ」

ぽつりと綾瀬さんが言った。休憩室には俺と綾瀬さんだけだったからか、「さん」から「くん」へと戻っている。

綾瀬さんはカップのお茶を飲み干すと、席を立ってもう一杯注いできた。

ひと息ついてから話の続きを始める。

「浅村くんって、友達少ないんじゃなくて作ってないだけだよね」

「そんなつもりはないけど」

「でも、少ないことを気にしてる？　してないでしょう？」

「そうだね。とくに気にしてはいないかな」

「ほら」

「まあ。そういう意味では確かにどうしても友人を欲しいとは思っていない」

絶対いらないとも思ってないけどな。

来る者は拒まず、だ。

「ほんとうのことを言うと、私、そんなに簡単にシフトを交代するなんてできるわけないって思ってた。……や、ちがう。そういう交渉をするのが怖かった。したくなかったから、できるわけないって思いたかったんだ」

「俺は慣れてるだけだよ。何度か、交代してもらってるし」

「それって、私よりもコミュニケーションの実践経験があるってことにならない？」

そんなことを考えたこともなかった。

「そう……も言えるかもね」

「店に入ってから店長さんの居場所を先輩の店員さんに訊《き》いたときも、店長さんに交代の交渉をしたときも、浅村くんは毅然《きぜん》としていて、しっかり言いたいことが言えて……。浅村くんは、コミュニケーションが不得意な人には見えない」

「買《か》い被《かぶ》り過ぎだよ」

俺は、そこまで器用じゃない。ただ、このバイトはそこそこ長くやってるし、仕事っていう共通の話題のおかげでどうにか言葉を紡げるだけだと思ってる。

「互いに真面目に接するのが求められる場だからさ、やりやすいだけ。それこそ、綾瀬さんの言っていた明晰《めいせき》なコミュニケーションを構築しやすいわけで」

「私にはできない」

「できるさ。この仕事に慣れればね。というか、もう既に綾瀬《あやせ》さんは充分できてる。俺が思うに、軸になる共通のルールが設定されているようで全然されてない友達関係のやりとりのほうがはるかに難しい。俺は……苦手だよ、やっぱり。俺から見れば綾瀬さんのほうがコミュニケーションは上手だ」

「……そんなこと」

あるさ。あえて口にはしなかったけど、綾瀬さんとそこそこうまく家族をやれているのも、綾瀬さんが最初に共通のルール設定をしてくれたおかげなんだ。

せっかく行く気になってくれたから、綾瀬さんには言えないけれど、実のところ今は俺のほうが不安でいっぱいだ。

綾瀬さんに合わせてプールに行くことになってしまったけど。

正直、綾瀬さんや、ぎりぎり奈良坂《ならさか》さんまでは会話できそうな気がするだけで、それ以外の同級生たちとうまく楽しめるか自信なんて俺にはまったくなかった。

プールに行くのはもう明後日《あさって》だというのに。

●8月26日（水曜日）

夏休みの終わりが迫る8月26日水曜日の朝。

俺は綾瀬さんが起きる時刻に合わせて時計をセットして目を覚ました。

午前6時30分。

……かなり眠い。

リビングに入ると、すでに綾瀬さんが朝食の準備を始めている。

てきぱきと動き回る綾瀬さんをしばし見つめてしまった。あんなに寝坊したのは初めて、
という綾瀬さんの言葉も頷《うなず》ける。

「おはよう、綾瀬さん」

「浅村《あさむら》くん、おはよう。今日は早いね」

一瞬だけ振り返って返事をしてくれた。

「忙しくなりそうだからね」

言いながら自分の席にとりあえず座った。

とんとん……とん。

まな板の上で人参《にんじん》を細く刻んでいた綾瀬さんの包丁が止まった。

振り返って言う。心配そうに。

「忙しい？　シフトって取り換えただけだよね。それとも浅村《あさむら》くん、今日、何か他に予定が入ってた？」

「ああ、ちがうちがう」

綾瀬《あやせ》さんの心配は、俺に何か用事が入っていて、それがプールに行くためにシフトを変更したことでバッティングしたんじゃないかってことだろう。

「ほんとに？」

「誓って。今日一日は休みだった。夏休みの課題が終わっていないときは、ここで挽回《ばんかい》しようと思っていたからね。でも、それはもう終わってる」

「じゃあ――」

なんで、と首を傾《かし》げるのももっともだろう。わからないとは思う。これは陰キャ男子特有の悩みだから。

「水着がないんだ」

「……体育の授業はどうしてるの？」

「水泳じゃなくて球技を選んでるんだよ。友達がそっち推しでさ」

「ああ、なるほど」

「友達だからって同調してばかりいると損をするって教訓になったよ」

丸《まる》の顔を思い出して肩を落とす。

夏場の体育の授業は選択式で、プールか球技かを選べるようになっていた。もっとも、仮に体育で水泳を受けていたとしても友達と遊びに行くのに学校指定の水着を着ていくというのも格好がつかない気がした。思い込みかもしれないが、クラスの人気者グループと遊びに行くならそれなりのドレスコードのようなものがあるのではなかろうか。

「あはは、大げさすぎ。で、買いに行くわけね」

「そう、買うしかない。幸い、バイト代があるから買えないこともない。今日はシフトが夕方6時までだから充分間に合う」

いつもはフルタイムだから深夜終わりだけれど、今日は夕方の6時までのハーフタイムだった。これは交代する前の27日がそうなっていたからだ。

「バイトが終わってから行くつもり？」

「そうせざるを得ない。ちょっと調べたんだけど、水着を売っている店って朝11時始まりが多くてさ。朝早くからやっている店を見つけられなかったんだ」

「そうか……入りに間に合わないんだね」

「間に合ったとしてもギリギリになる。それは避けたい」

今日の仕事をしっかりやるように、と店長には釘《くぎ》を刺されている。万が一にも入りに遅刻するような羽目にはなりたくない。

11時開店の店に入っても、選ぶのに迷わなければ入りの時間12時までには間に合うとは思う。迷わなければ。

「そんなに迷う？　……そっか、ファッションに興味ないひとだっけ」

俺はしかめ面を作って頷《うなず》いた。そうだとも。

そもそも、ファッションというのは俺にとって鬼門だ。選ぶ基準がわからない。なぜあんなに種類があるのか。それぞれどう違うのか。本のジャンルみたいなものなのか？　売り場に行って立ち往生する自分が目に浮かぶ。誰に声をかけて何と言えばいいのやら。迷って時間を費やすに違いない。遅刻するリスクを背負うくらいならば、憂いを絶ってからゆっくり選びたい。

それから明日の準備もしないと。

学生が夏休みに行くプールでさほどの用意が必要とも思わないが、行った先であれがないこれがないとなっても困る。

それと、綾瀬《あやせ》さんの手前、今日は元々一日暇で予定などなかったふうなことを言った。けれど、昼過ぎから夕方までバイトが入るとは思っていなかったから、洗濯も含めて雑事を午前中に済ませてしまわないといけないのだ。

「そっか。わかった。ああ、そうだ。真綾《まあや》から明日のスケジュール来たから」

「あ、そうなんだ」

「後で転送しておく」

「わかった」

奈良坂《ならさか》さんにはもちろん昨日のうちに参加の連絡はしてある。ギリギリまで引っ張ってしまったのはシフト交代の許可を得てからじゃないと決められなかったからだ。行きたいって告げたその日のうちに、ダメになったとは言えない。

店長からの許可が下りてすぐに綾瀬さんはＬＩＮＥを入れたらしい。

返事は一分とかからず来たという。

さすが奈良坂さん。

そうこうしているうちに親父《おやじ》が起きてくる気配がした。もう7時になるところ。洗面所を経由してリビングへと入ってくる。

「おはよう、沙季《さき》ちゃん。おや、悠太《ゆうた》もか、珍しいね」

「おはよう」

「ああ、おはようさん」

言いながら親父は席に着いた。

俺はすかさず立ち上がって親父の茶碗《ちゃわん》をさらってご飯をよそってやったが、親父に残念そうな顔をされた。はいはい、綾瀬さんによそってほしかったんだよな、まったく。

味噌汁《みそしる》のほうはやってくれるだろうからそれだけで我慢してくれ。

「はい。お義父《とう》さん」

「ありがとう、沙季《さき》ちゃん」

「いえ。どういたしまして」

朝食のメニューは例によって綾瀬《あやせ》さんにとっての簡単時短レシピ。今日は豆腐《とうふ》とほうれん草のお浸《ひた》し。豆腐には上に、すり下ろし生姜《しょうが》と削り節、それに刻み葱《ねぎ》もかけてある。これに醤油《しょうゆ》を垂らして頂くわけだ。

俺は知らなかったのだが、豆腐に振りかけている葱っぽいものには色々種類があるらしく、これは「わけぎ」というんだよ、と綾瀬さんが教えてくれた。ネットで豆腐にかける葱について調べたところ、「わけぎ」「わけねぎ」「小ねぎ」「アサツキ」「万能ねぎ」と似たようなものが次々と出てきて、自分が普段豆腐に振りかけているものが何だったのかわからなくなった。

とりあえず本日のは「わけぎ」らしい。

そして、焼いたシシャモが三本。青い皿に載せられて親父《おやじ》の前にとんと置かれた。

「浅村《あさむら》くんはちょっと待ってて」

「急がなくてもいいって。親父のほうが先でいいから」

学校のある時期なら、俺も綾瀬さんもそろそろ食べ始めないと間に合わないけどな。

「お先に頂くよ、悪いね」

箸を動かしながらそう言って親父は早々に食事を終わらせた。7時半ちょうどに家を出ていく。俺は親父の食器を食洗器に放り込んだ。

入れ替わるように、8時になると亜季子《あきこ》さんが帰ってくる。帰宅前に朝食は済ませたということで、そのまま寝室へ直行した。

亜季子さんと綾瀬さんが越してきてからの、いつもの朝の風景だった。

久しぶりに学校に通っていた頃のルーティーンを思い出した。夏休みももうすぐ終わるのだから、日常を取り戻さないといけない頃合いだろう。

後片付けを手伝ってから俺は部屋に篭《こ》もり、バイトの時間まで明日の予定を調べる。

LINEには綾瀬さん経由で奈良坂《ならさか》さんからの幾つかのメッセージが転送されていた。明日の予定が長文で一気に送られてきていた。まるで小学校で見た遠足のしおりのような詳細さ。

旅行に行っていたと綾瀬さんから聞いたけれど、もしかして旅行中もこの長文のしおりを書いてたんだろうか。

奈良坂さん、遊びに対して全力なタイプなのかもな。

『せっかく真綾《まあや》が作ってくれたんだから、しっかり読んでおいてね』

綾瀬さんからメッセージが追加で送られてきた。

あんなに行きたくないと言っていた綾瀬さんだったけれど、いざ行くと決めてしまうときわめてポジティブに向き合っている。亜季子さんの言っていたとおりだ。

しかった。

——子どもの頃は大変だったのよ。夏になるとアイスをねだってきたり、プールに連れていけって、駄々《だだ》をこねたり……。

綾瀬《あやせ》さんのなかに久しぶりに遊ぶことを楽しむ気持ちが戻ってきたように感じて俺も嬉《うれ》しかった。

昼少し前に家を出て、バイト先の書店には綾瀬さんとともに余裕をもって到着。

「よし。じゃあ、気合いを入れてこう、綾瀬さん」

「浅村《あさむら》さんも。よろしくお願いします」

店内に入った途端に綾瀬さんの俺への呼び方が切り替わる。

シフトの交代を許可してくれた店長のためにも、その日はいつも以上に働いたと思う。

入ってすぐに俺と綾瀬さんはレジ打ちを頼まれた。

本屋のバイトで、もっともストレスのかかる仕事だ。そもそも俺みたいな陰キャにコミュニケーションスキルなんて求められちゃ困る。けど仕事だからな。

レジが暇になれば、隙を見計らってブックカバーを折る。

本の大きさに切った厚紙を台紙にして、上下を折ってから、左右の袖を入れる部分を片側だけ折る。本の厚みは一冊ずつ違うから、両袖を折ってしまうとぶかぶかになったり入らなかったりするからだ。どちらも袖を折りなおせば済むことだけれど、カバーに折り直しの跡が残っている本をお客様には渡せない。

気づかずに俺は左右の両袖を折ってしまったことがある。カバーをかけられる本が限られてしまって、折ったカバーを使いきるまで苦労した。怒られたし。綾瀬さんはそんなミスはしなかった。彼女は優秀なのだ。読売《よみうり》先輩の言ったとおり、俺よりも。

その日は事務所や更衣室の掃除もあった。

そしてまたこういう仕事の多い日に限って読売先輩は休みだったりする。あの人、わかってて今日休んだわけじゃないよな。いや、俺も本来は今日が休日だったっけ。

「あとはこのゴミを捨ててきて終わりか」

「私が捨ててくるよ」

「いや、ついでだからこのまま俺が捨ててくる」

ゴミの入ったポリ袋を持って事務所を出ようとすると、入れ違いに店長が入ってきた。

「おお、きれいになった。うん、ふたりともよく働くねえ。ご苦労さん」

ふたりまとめて褒められた。

お世辞だとわかってはいたが気分はいい。見事な飴《あめ》だ。やはりこの店長はやり手なんだと思う。

「ありがとうございます」

綾瀬さんもにこりと微笑《ほほえ》んでいた。

午後6時には俺と綾瀬《あやせ》さんはふたりとも仕事を終えて店を出た。

「じゃあ、俺は水着を買ってから帰るから。今日は送れないけど」

「まだ6時だよ。必要ない」

「だよね。じゃ、先に帰ってて」

「浅村《あさむら》くん、どこで買うつもり？」

俺は目星をつけている量販店の入っているデパートの名を告げた。

「あそこか、じゃあ、私も行く」

言われて、どきりとする。

「なんで？」

「そこに女性用の店も入ってるから。私も買う。昨日、当ててみたんだけど、ちょっと合わなくなってるかもしれないから、念のために買おうと思って」

そう言って、さっさと歩き出した。

俺は慌てて後を追う。

まさかこのまま一緒に水着を買うのか？　俺の乏しい経験と貧弱な想像力では、男女で水着を買いに行くのはカップルだけだと相場が決まっていた。偏見なのは重々承知。だが、そうでもなければふたりで行く理由などあるだろうか。……いや、ない。

気まずい想《おも》いをしながらの水着選びや試着のためにパーティション越しに会話をしたり、

そこで妙なトラブルに巻き込まれたりといった小説や漫画で時折り見かける出来事は、現実で起こるわけがないのである。

だがもしも俺の知識不足なだけで、意外とリアルの世界でも兄と妹で水着を買いに行くのが常識とされているとしたら。表情ひとつ変えない綾瀬さんの横顔を見ていると、その可能性も充分にあり得る気がした。

本当に水着を一緒に買うのだとしたら、俺はどんな顔で、どんな態度で臨めばいいのか。デパートまで大して距離はないが、それまでに心の準備を済ませられるだろうか――。

なんていう俺の葛藤は結果的に言えばすべて無駄だった。

デパートでは大抵の場合、女性用の売り場のほうが下にあり、男性用は上にある。

エスカレーターの該当する階で、綾瀬さんはさっさと売り場へと足を踏み出しながら、俺のほうに顔を向けて言う。

「じゃあ、ここで。買い物終わったタイミングでたまたま時間が合えば入り口で合流、合わなければ気にせず帰るってことで」

「……了解」

そりゃそうだよな。それがリアルな世界というものだろう。断言しよう。兄が妹の水着選びに付き合う必要はない。

……たぶん。

俺の水着選びには一時間以上を要した。
ほら、バイトが終わったあとで正解だった。

●8月27日（木曜日）

青い空の下を流れていく見慣れない景色を、揺れる電車の振動を感じながらぼんやりと見つめていた。

こんなふうに電車に揺られるのも久しぶりだ。

生まれて育ったのが渋谷《しぶや》の街である俺は、インドアの陰キャの極みのような生活を送っていたから、滅多《めった》に電車に乗ることがない。

漫画と本さえあれば生きていける俺にとって、渋谷という街は天国だった。小さな街の本屋さんが軒並み姿を消した今でさえ、大きな書店が幾つか残ってくれている。

休日は、本屋から本屋へと移動するだけで時間が潰せるのだから、遠出をする必要などなくて。

それがまさかプールで遊ぶために電車に揺られることになるとはね。

車内はあまり混んでいない。夏休みも今日を入れてあと五日だ。そろそろ遊びの予定も終わって休日の残りの少なさに慌てる奴《やつ》らも出る頃だからな。

携帯を見て時間を確認する。午前9時18分。待ち合わせは、新宿《しんじゆく》駅改札に9時30分だから充分に間に合う。

ただ、待ち合わせた後、そこからプールまでは乗り換え無しで電車で三十分、さらにバスで三十分かかるそうだから意外と遠い。

早くも気が重くなってきた。

いや、頑張れ俺、ここで綾瀬《あやせ》さんを放り出して俺だけ帰るわけにはいかない。

その綾瀬さんだが、集合場所までは別々に行くことにしていて、俺よりも十五分以上も早く家を出た。

学内でも他人で通しているのだから、ここでわざわざ明かすこともないというわけだ。とはいえ奈良坂《ならさか》さんは知っているわけだ。まあ、ばらされて困ることでもないから、俺も綾瀬さんも口止めをするようなことは考えていなかった。

バレたらそのときはそのときだ。悪いことをしているわけじゃなし。

ぼんやりと風景を眺めつつ物思いに耽《ふけ》るうちに、車内アナウンスが駅の名を告げる。

息を吐きだすような音とともに扉が開いて、俺はホームへと降りた。

改札口を抜けると十人ほどで固まった集団が見えた。男女比ほぼ半々といった感じで、全員が水星《すいせい》高校の制服を着ている。学生鞄《かばん》まで持っているから、まるで課外活動中の高校生そのものだった。

「変な感じ」

俺はぽつりとそう言った。

かくいう俺も水星高校の制服姿だ。

そう、あのあと奈良坂さんから追加の指定がLINEで送られてきて、必ず制服を着用、学生鞄持参の上で学生証を忘れず持って来るようにと厳命された。学生割引のためだという話だが、それなら学生証だけでいいような？

疑問は残るが他の人も全員制服ならわざわざ私服を着て浮くこともないだろうと、同調圧力に素直に従う一般人であるところの俺は、こうして制服を着てきたのだった。

集まった生徒たちの顔をあらためて見てみると、何人かは見たことのある顔が混じっている。

「あれか……」

塊からやや距離を保つようにして綾瀬さんが立っていた。こちらも制服姿。ちらりと俺のほうを見て、小さくほっと息を吐いた。

まあ、綾瀬さんも友人と呼べるのは奈良坂さんだけか。

奈良坂さんは、塊の中心で賑《にぎ》やかにみんなと会話を交わしている。

さすが水星高校一のコミュ強（俺評価）だ。奈良坂さんが俺を見つけて伸びあがるようにして手を振ってきた。小さな体を目いっぱいに伸ばした姿はプレーリードッグを思わせる。小動物系の可愛《かわい》さがあるあたりが、男子に人気の理由なんだろう。

「おはようこんにちこんばんは！　浅村《あさむら》くん！」

「おは……って、ふつうに、おはよう、でいいような」

「業界ではこれでいいんだよ」

「どこの業界？」

「水星《すいせい》高校業界」

「はあ、なるほど？」

そうか、高校は業界だったか。わけがわからんけど。

改札口から吐き出される人の波の邪魔にならないようにしつつ、全員が軽く自己紹介し合う。軽く、と言ったが、ひとりひとりが名前を言うたびに、奈良坂《ならさか》さんが茶々を入れるものだから実際は時間がかかってしょうがなかった。

「浅村悠太《あさむらゆうた》。……よろしく」

「はい。こちら浅村くん！　落ち着いた雰囲気だけど実は隠れた人気を高めつつある男子だよ！」

「隠れてんのか人気なのかどっちだよ！」

男子のひとりが律儀に突っ込む。

「つまり、浅村くんと仲良くなるならいま！ってことだね！」

と、これでひと笑い。ジョークで場を温めるのが奈良坂さん流のコミュニケーション術ってことなのか。

「だよね、浅村くん！」

「いろいろ間違ってるけど……まあ、じゃあそれで」

「よろしくな、浅村！」

ガタイのいい、ラグビー部あたりに所属していそうな真っ黒に日焼けした奴《やつ》にいきなり握手を迫られた。

思わず硬直して反応が遅れたのは巨体に驚いたわけでなく、初めてなのにもう親しげに呼び捨てで呼ばれたからだ。もしかしてこれが奈良坂さんの作ってくれた空気の効果なんだろうか。

「こちらこそ……」

仕方なく握り返したが、距離感近いなと思う。陽キャな体育会系男子特有の、リア充な空気に満ちている。

ノリの良すぎる応対に俺は愛想笑いを浮かべることでなんとかやり過ごした。だが、この雰囲気には慣れないものを感じる。

とはいえ俺としては今日一日を綾瀬《あやせ》さんに楽しく過ごしてリフレッシュして欲しいと思っているわけで、頑張って溶け込む努力をしてみようか。

自己紹介は続く。

奈良坂さんは俺だけじゃなく、ひとりひとりに合わせて紹介のときにあるいは駄洒落《だじゃれ》を言い、あるいはボケを言っては名前や特徴を強調していくものだから、あまり人の名を覚える気のない俺でさえ、その場で何人かの性格と名前を把握できてしまったくらいだった。

なるほど、だからいちいち茶々を入れるのか。

奈良坂真綾《ならさかまあや》おそるべしだ。

「綾瀬《あやせ》、沙季《さき》」

「沙季はみんな知ってると思うけど……。だいじょうぶ。見た目ほど怖くないよ。噛《か》みつ
いたりしないから」

「まあ、よろしく」

「あやっしーと呼んであげて！」

どこのゆるキャラだ、それは。

「ふつうに『綾瀬』で」

ノリを合わせることなく綾瀬さんは言った。それでも怒りださずに苦笑いを浮かべたか
らか、何人かの女子が意外そうな表情をして綾瀬さんを見る。なるほど、あの人たちには
綾瀬さんは本当に怖い女の子と思われていたんだろう。

「てか奈良坂、なんで制服？」

メンバーの一人が至極もっともな疑問を口にする。

「書いたじゃん。学割、学割」

「学生証だけでよくね？」

「ってーのは建前でぇ。制服なら親が厳しくても出てこれるっしょ」

「意味わかんねー」

「細かいことはめんどいから突っ込まなーい。制服で遊べんのもいまのうちだし、気にしないで楽しめばいいんだってば」

質問者の納得いく答えではなかったみたいだが、不満を引きずるつもりもないらしく彼は素直に引き下がった。

そんな会話を小耳に挟み、なるほどな、と俺は一人勝手に納得する。

奈良坂さんは、どうやら想像以上の気遣い屋らしい。

おそらく今日参加する生徒の中に親の指導が厳しく、何かしら嘘《うそ》をついて遊びにこなければならない人がいるんだろう。たとえば学校で委員会の仕事だとか、オープンキャンパスだとか、その手の嘘だ。事前にそういう人の相談を受けた奈良坂さんは、一人だけ浮いたりしないように配慮して全員を制服で合わせさせた。……あくまで推測、だが。

見渡してみても誰の都合で制服になっているのかがまったくわからない。奈良坂さんだけが知っていて、いっさいおくびにも出さないからこそ秘密が保たれているんだろう。謎のルールを設定された不満は奈良坂さんだけに向くようになっていて、彼女がアホな提案をしても許される空気を作っているから致命的な不和に発展せずに済む。

あらためて奈良坂真綾、コミュニケーション能力の極地を見た。

「じゃ、行くよー！」

高度な調整能力を悟られることなく奈良坂《ならさか》さんは、先頭に立って乗り換える私鉄の改札目指して元気よく歩き出した。

さて、奈良坂先生引率による夏休みの思い出づくり――遠足の始まりだ。


私鉄に乗り換え、電車は新宿《しんじゅく》から西を目指して走る。

道のりの半分ほどを過ぎると、背の高い建物が少しずつ消えていき、青い空が車窓から見える景色を埋めていく。

都心から西へ進むということは、東京湾からは離れていくわけで、水遊びをするために海から離れていくというのもおかしな話ではある。もしかしたら海が近くにないからこそプール施設が発達するのかもしれないが。

奈良坂さんが呼びかけて集めたのは、俺と綾瀬《あやせ》さんと奈良坂さんを入れて男女合わせて十人だった。男女の数がちょうど五人ずつになるように選んでいる。つまり、俺にとって初対面の人間が七人もいるということ。

移動の間、彼らとの会話に苦労しなかったことが俺には驚きだった。

話の糸口を探すのにさぞや苦労するだろうと俺はいささか怯《ひる》んでいたのだけれど、そんなことはなく。つまり真のコミュニケーション強者というのは、会話の相手が陰キャの口下手だろうと置いてけぼりにしたりはしないということか。

「へえ、浅村《あさむら》は本屋でバイトしているのか」

「ああ」

「本屋のバイトって儲《もう》かるの？」

「どうかな……。俺は他のバイトをしたことがないからわからないな」

「でも、休み中ずっとバイトと夏期講習ばっかとか。偉いね！」

「うんうん。俺なんて寝てばっかりだったし！」

「いや、偉くはないと思うけど……」

それでもこの雑談というやつが俺は苦手ではある。

お勧めの本についてなら幾らでも語れるのだが。と考え、ああ、そうか、そもそも「語る」というのは会話ではないよなぁ、などとも思う。

しかし、テーマを決めない相互情報伝達というのは逆に難易度が高い気がするのだが。

ともあれ、たわいもない会話をなんとかやりとりしながら、三十分ほど電車に揺られ、バスでさらに三十分ほど揺られる。

プール施設の前までたどりついた。

外は真夏の日差しで、バスから降りた途端に眩暈《めまい》がするほどの熱気が体を包んだ。

冷房の効いていた車内との温度差がきつい。アスファルトに引かれた白線が太陽光線を跳ね返して眩《まぶ》しかった。

「これがプール？」

目の前の巨大な建物を見あげて俺は思わず声をあげた。

プールといえば学校のプールか、せいぜい区民プールしか想像できない俺には目の前の施設が温泉旅館か何かに見える。

「ここは入り口。手前側におっきな屋内プールがあって、あの、透明な屋根のあるところね。んで、その向こうに屋外プールもあるんだよ。ほら、あそこにアトラクションの一部がちょっと見えてるでしょ？」

奈良坂《ならさか》さんが言って、俺は見えた物の素直な感想を口にする。

「ああ……すべり台か」

「せめてウォータースライダーと言って！　浅村《あさむら》くん、情緒ない！」

「情緒関係ないような」

「気分が変わるの。高校生がすべり台で遊んできましたって言われてどう思うの！」

「すべり台で遊んできたのかと思うだけでは」

「……沙季《さき》、由美《ゆみ》、なんとか言ってよ！」

綾瀬《あやせ》さんと隣にいた女子に向かって言った。

「すべり台というには大きいから、伝えたいなら、水流付き巨大すべり台って言うほうが正確だと思う」

綾瀬さん、それ、ただ翻訳しただけですよね？

隣にいる田端《たばた》由美（という名だ、確か。山手線《やまのてせん》の駅名と同じだと奈良坂さんが紹介してさんが綾瀬さんの台詞《せりふ》に目を丸くした。

「綾瀬さんって冗談言うんだね」

「冗談……。ああ、うん」

綾瀬さんはそういう冗談は言わない。あれは思ったとおりに言っただけだな。

「その奥に遊園地も付いてるよー。浅村くんはこういうところ初めてなのかな？」

「まあ、初めて、かな」

遊園地も動物園も嫌いではない。どちらかと言えば好きなほうだ。ただ、俺はアトラクションどころか縁日でさえ他人に合わせて巡るというのが苦手だ。それくらいなら、自分ひとりで回りたい。

こういうことを言うから陰キャだなどと言われるのかもしれないが。人にはその人なりのリズムというものがあることをわかってほしい。世間の皆様はどうしてあそこまで駆り立てられるように突っ走れるのか。

「今日は手前の屋内プールが中心だよ！」

「ほんとだ」

LINEの予定表にもそう書いてあった。

入り口で1Dayパスを買って中へと入る。

そのあと男子更衣室で着替えを済ませ、昨日買ったばかりの新品の海水パンツに穿《は》き替える。

学校で体操着に着替えるのと大して変わらない経験なので恥ずかしさは特になかったが、ロッカーの鍵には不安を覚えた。いやだってゴムについた鍵を手首にまいてプールに持ち込まなきゃいけないわけで、不意に外れて水に流されたらどうするんだって思うだろう。むしろなんでみんな平気な顔をしていられるのか。それとも俺が考えすぎか？

ともあれ水着に着替えて、いざプールへ。

施設の中へと入ってみて驚いた。

例えるならそこは巨大な温室だった。といっても周りを囲っているのはもちろんビニールシートなどではない。ガラスか、たぶんアクリルプレート、そのあたりだと思う。

体育館なら何個入るかわからない広さで、施設内には、ビーチのイメージで作られたらしき巨大な遠浅のプールが三分の一ほどを占めており寄せては返す波まで付いてきていた。定番のすべり台、いや、ウォータースライダーらしきものから、どうやって遊ぶのかわからない設備まで他にも盛りだくさんだ。

海とは異なるプール特有の水の匂いがする。

人の出はそこそこだろうか。思ったよりは空《す》いていて、やはり夏休みも終わりの平日という気がする。芋を洗うような状態でないのが幸いだ。

女子と合流する。

五人とも、ひと目でわかる新しい水着姿で、なるほど女子というものはそのように気を遣うものなのかと前日の綾瀬《あやせ》さんの様子を思い出した。服なんて俺は着るものがなくなってから買うことを考えるというのに。

奈良坂《ならさか》さんは露出度高めのビキニだった。レモンイエローの上下は明るい性格もあってよく似合っている。ただ、背の低さと仕草のせいか、ビキニと言われて想像するような扇情さにはほど遠い。可愛《かわい》らしいという感想のほうが先に立つ。

綾瀬さんのほうは対照的に露出度の少ないタンキニだ。両の肩は見せているものの、紐《ひも》で吊《つ》られたセパレートの上と下には隙間がない。

暑いからだろう、夏に入ってから綾瀬さんは両肩を出した服を好んで着ている。家で毎日のように俺はそれを見ている。なのに、俺は綾瀬さんの水着姿を見てどきりとしてしまった。見慣れた姿とは似ていても、異なる姿であることを強く意識してしまう。

おおっ、と女子たちを見て一斉に歓声をあげた男子どもだったが、五人の中で隠れるように立っていた綾瀬さんに向ける視線がもっとも熱いことは、そういうことにあまり興味がなかった俺でさえわかった。

なにせスタイルが違う。腰の位置が高くて脚がすらりと長い。たとえ露出の控えめな水着を着ていようとそれは明らかだった。男どもが小さく口笛を吹く音が耳に入ってきて、俺のなかになんとも言《い》い難《にく》い感情が湧きあがってくる。なんだこれ。

「綾瀬《あやせ》、すげえな！　なあ、浅村《あさむら》もそう思うだろ？」

「いや、こう、やらしいふうに囃《はや》すのは、良くない……んじゃないかな」

俺は反射的にそう返していた。

言い方次第ではハラスメントで訴えられる時代になんて迂闊《うかつ》な、という思いもある。が、もちろんそれだけじゃなくて、言葉にしがたいモヤモヤとした嫌な感情が湧きだしてきたからというのが大きい。

けれど、俺の主張は通じなかったらしい。

「いやいや男なら見るっしょ！　当然見るっしょ！」

「しかたない。これはしかたない！」

そう言って囃し立ててくる。

むっとした本音は表情に出てしまったか、出ずに済んだか、自分ではわからなかった。

俺がさらに反論の言葉を吐き出そうとしたとき、奈良坂《ならさか》さんが口を挟んだ。

左手を腰に当てて右腕をぴっと上げ俺たちのほうを指さしてくる。

「はいはい。そこの男子たち！　浅村くんが正しい！　やらしー目で見る男子は目つぶし

すんぞ！」

そう言って、突き出していたひとさし指に中指を添えて目つぶしの構えを作る。ぶっそうだな、奈良坂《ならさか》さん。

しかし、おかげで男子たちの盛り上がりがぴたりと止《や》んだ。

女子の冷たい視線が降り注いできているのに気づいたからでもある。

まあ、俺も健全な男子高校生だ。陰キャだろうと気持ちはわかる。わかるが、現代ではそれを彼女たちの前で口に出してはいけないのだと学んでおいたほうがいい。

そういう俺の言葉も、とっさに零《こぼ》れたものだし、高尚な発言だったかどうかは自分でもわからなかったんだけど。

視線を感じた俺が振り返るのと、綾瀬《あやせ》さんが目を逸《そ》らしたのが同時だった。

いま……見られてた？　だが、俺の疑問に答えはない。綾瀬さんはすぐに女子たちの輪に入って紛れてしまった。

「さあさあ、気を取り直して遊ぶぞー！」

奈良坂さんが冷えた空気をふたたび加熱するように高らかに宣言した。

「ご飯の時間まではみんなでアトラクションを回るよ！　まずは、あのでっかいすべり台から！」

ウォータースライダーを指さした。

……そこで、すべり台って言っちゃってるのはいいのか？

奈良坂さん作成「夏の思い出つくっちゃおう予定表」に書かれたスケジュールによれば、午前中は各種アトラクションを中心にみんなで回ることになっていた。

まずはウォータースライダーから。施設の入り口で見えた屋外のウォータースライダーに比べれば小さいものの、二階ほどの高さから滑り落ちるのだからそこそこのスリルはある。それから、滝のように落ちてくる水をくぐったり、なぜか迷路をさまよったり、俺たちは時に歓声をあげながら次々とアトラクションをこなしていった。

遊びながら、俺は予定表に書かれていたスケジュールを思い出し、計画を立てた奈良坂さんの配慮に舌を巻く。

この手の遊戯施設が提供しているアトラクションというものは鉄板のおもしろさを与えてくれる。

つまり誰が参加しても一定の快感を得られる装置だ。

今回のメンバーである十人はそもそもの繋《つな》がりが薄い者たちばかりだった。仲の良い人たちだけで固まって、誰かが仲間外れにならないようにするひとつの方法は、全員を初対面にしてしまうことだから。まあ、俺と綾瀬さんは本当は初対面ではないけれど。

ただ、その場合たとえ同じ高校の同期だといっても、クラスも違えば性別も違う十人がいきなり仲良くなれるはずもなかった。まして奈良坂《ならさか》さんのように交友関係の広い人は、友人もまた多様だったりする。

運動部のやつ、文化部のやつ、委員会繋《つな》がりだったり、趣味の仲間だったり。

だから、そもそも日常会話以上のコミュニケーションが難しいとも言える。共通の話題というものがない。

そこで奈良坂さんは考えたのだろう。

鉄板の面白さを提供するアトラクションをみんなでまず回る。

そうすれば、確実に楽しめるし、その午前中の体験そのものが共通の話題になる。

食事時の会話も弾むだろう。

だから、遊びの素人である一介の高校生が企画したイベントを後ろに回して、鉄板のアトラクションをまず遊ばせたわけだ。午後には奈良坂さん企画による男女混合で遊ぶイベントも予定されているようだけれど。

これは簡単なようで難しい。自分の企画したイベントはどんな遊びよりも面白そうに見えるからだ。それを敢《あ》えて後回しにできる。みんなが盛り上がりすぎたり、アクシデントで時間が足りなくなったら、ばっさり切ってしまえる（予定表にはそう書いてある）。

参加者のことを自分よりも優先して考えていなければできることではない。

12時過ぎ、一瞬だけイートイン・スペースの席が空いた隙を見計らって、俺たちは食事をすることにした。思い思いに午前のイベントを笑顔で語り合っているみんなを見ていると、奈良坂さんの狙いは見事に当たったと言えるだろう。

俺としては綾瀬《あやせ》さんが周りの女子たちと一緒になって笑っているのが嬉《うれ》しかった。

食事も終わって一休みして。

俺たちは全員で遠浅になっている巨大なプールで遊ぶことにした。

時折り波の打ち寄せるそのプールでは、夏休みの終わりの平日だからか、多少は固まって遊んでいても周りの迷惑にならないほどには空いていた。

プールは、海と比べて砂浜でビーチバレーをしたり、砂遊びをしたりはできない。

だから全員で遊ぶといってもやれることは限られてくる。

そんな中でも遊べるよう、奈良坂さんは幾つかのイベントを予定表で紹介していた。

「というわけで、わりとさくっと遊べるビート板オセロをやります！」

「はーい！」

小学生のような元気のよい返しの声をみんながあげる。多少、平坦《へいたん》ではあるものの、綾瀬さんまで口を丸くあけて小声で言っていたのが面白かった。

あれは、はーいというより、へーいと言ってる感じだな、などと思ったり。

ビート板オセロ、という名が正式名称かどうかは知らない。奈良坂真綾《まあや》命名なのかもしれないが、それはルールの単純なゲームだった。

人数分のビート板を用意する。表と裏が判別できるタイプのやつが望ましい。幸い、ひとりひとつの制限で借りられる施設のビート板がそういうタイプだった。

それらを表裏半々になるようプールに浮かべて、二組に分かれて、ビート板を叩《たた》いてひっくり返すという、ただそれだけの競技だ。

「グーパーで班分けするよー。ほら、こっちがグー組。パー組はそっちね」

五対五の組を作った。

ジャンケンのパーの側が「表組」、グーの側が「裏組」だ。

俺と綾瀬《あやせ》さんは偶然にも同じ組になった。奈良坂《ならさか》さんは敵陣営。

「これからタイマーをセットするね。制限時間は三分です。時間が経《た》ったときに、ひっくり返っているビート板の表の枚数が多かったら表組の勝ち、逆なら裏組の勝ち」

「ああ」

「わかったー」

「ビート板を抱えこんだり、つかんでしまったりするのはＮＧね。浮いた状態で、できることは板の端を叩いてひっくり返すことだけです。ただ、自分たちの色になっているビート板を相手に叩かれないよう、こうやって逃がすことは良しとします。良い子の皆さん、ルールの確認はいいかなー？」

こうやって、と言いながら、ビート板を水の上で押し出して、すいっと遠ざける実演をしてみせる。

「了解！」

「男子ー！ ずるはダメだかんね！」

「しねえったら。信用ねーなー」

田端《たばた》さんの突っ込みに、言われた男子が——明神《みようじん》、だったかな、ふくれっつらをしてみせる。

奈良坂さんが防水ケースに入れたスマホのタイマーをセットして、試合の開始を宣言すると、俺たちはプールの端で遊び始めた。

これが思ったよりも難しい。そもそもこれ、波の来ないプールで遊ぶことを前提にしている競技じゃないか？ 何もしなくてもビート板が流されていってしまって、それをつかんではいけないというルールで遊ぶとなると、誰かがこまめにビート板を押してフィールドに戻してやる必要がある。

結局、遊んでいるうちに流される方向で待ち受けて、みんなのほうにビート板を押し返す役と、叩いてひっくり返す役と自然に分かれて遊んでいた。臨機応変というやつ。

奈良坂さんのスマホから、三分経ったらしく軽快なメロディーが流れだした。

「はい、ストップ！ もう叩いちゃダメだかんね！」

奈良坂さんの号令にいっせいに動きを止めた。

勝敗は六対四で、俺と綾瀬《あやせ》さんのいるチームが勝った。

勝者は歓声を上げ、敗者は悔しそうに水を叩《たた》く。全員、まじめに戦ったようで、息が切れていた。

「よしよし。じゃ、もう一回戦くらいやるよ！」

スマホのタイマーをセットしなおしていたらしき奈良坂《ならさか》さんが言った。

次も、あるいは次は勝つぞーとみんなが気炎をあげる。

ところで……誰も気づかなかったようだけれど、奈良坂さんのタイマーにセットしてある音源って、あれって、アニメのOPだな。俺がなぜそんなことに気づいたかといえば、ワンクール前に丸《まる》にお勧めされて観たやつだったからだ。奈良坂さん、どうやらアニメも嗜《たしな》むらしい。ほんとうに趣味の広い人だ。

二回戦は負けた。

さすがに俺も綾瀬さんもあまり運動に熱心なタイプじゃないから、体力が続かなかった。五人中ふたりが使い物にならないわけで、そうなると普段から遊んでいる奴《やつ》らや運動部の人間には敵《かな》わなかったのだ。

「じゃ、本日のイベントタイム終了ー！　休憩のあとは自由時間ね！　4時には撤退を始めるから、またここに戻ってきて！」

奈良坂さんが言って、俺はプールサイドにへたり込んだ。

やれやれ。使っていない筋肉を使ったからか、疲れてもう一歩も歩きたくない。このまま
ここで寝転がりたい気分だった。

元気にもうひと巡りしてくると飛び出していった奴らに付いて行く気にもなれず、ひとりでうだうだと休んでいると、綾瀬さんが近づいてきた。

へばってだらしない格好になっていた体を起こす。

綾瀬さんが顔を覗《のぞ》きこんでくる。少し心配そうな顔をしていた。

「だいじょうぶ？」

「ああ。疲れただけだから平気だよ。しかし、みんな凄《すご》いよね。体力あるし、運動神経抜群だ」

アトラクションを回るときも、ミニゲームをやっているときも、大活躍していたのは普段から遊び慣れていると思《おぼ》しきリア充な男子や女子だった。俺はといえば元々がインドアな人間だからあまり目立ってはいない。まあそこは気にしていないけど。

「でも、さっきの、かっこよかった」

「へ？」

綾瀬さんの予想外の言葉になにより驚いたのは俺だった。

「さっきのミニゲーム。浅村《あさむら》くん、流れていくビート板をエリア内に戻すのばっかりせっせとやっていたでしょ」

「あー」

まあ、そうしないとゲームにならなかったからな。でも、結局それに気づいた奴《やつ》らは俺と同じことを始めてたし。

そう言うと、綾瀬《あやせ》さんはゆっくりと首を振った。

「でも、浅村《あさむら》くんが最初に気づいた。それに、ビート板を戻すとき、叩《たた》いてひっくり返す役はチームの他の人に任せてた。そこがこのゲームの一番おもしろいところなのに」

綾瀬さんに言われて俺は驚いた。気づかれていたとは思わなかったのだ。

自分のほうに流されてきたビート板を戻すとき、表側だったらそのまま味方のほうに戻せばいい。問題は裏側だったときで、叩いてひっくり返してから戻したほうが勝ち負けだけに徹するなら効率はいい。そういうゲームだしな。

でも俺は味方が近くにいる場合は「頼む」とだけ言って、ビート板を押し出すだけにしておいたんだ。それを味方にひっくり返してもらう。

何故《なぜ》って？　それは綾瀬さんの言うように、そのアクションがこのゲームでいちばん楽しいところだからだ。

放っていても波に乗って流れてくるビート板を俺だけが叩いてもな。みんな楽しくないだろうし。せっかくのチーム戦なんだしさ。

「あー、いやまあ、目立つ活躍をして失敗するリスクを負いたくないだけだよ」

それもある意味本音だ。

「そう？　まあ、客観的事実とかどうでもよくて、私が主観的に褒めたかっただけだから。私は、それをかっこいいと思ったってだけ。アシストに徹する裏方みたいで」

「裏方ってかっこいいかな？」

「価値基準はひとそれぞれでしょ？」

「まあ……違いないか。そこまで言われると照れるけど」

そう返すと、綾瀬さんは小さく笑みを浮かべた。

家で見せるドライな表情でも親父《おやじ》に対しての慇懃《いんぎん》な笑顔でもなく、そう、たとえるなら写真の中の幼い頃の綾瀬さんに似た、あどけない笑顔。

ああ、無理して踏み込んでよかったなぁと、しみじみと思う。

それは綾瀬さんを助けてあげたなんていう、傲慢な想《おも》いでは断じてない。そう言い切れる根拠もある。

適切な距離を保ったままだったら絶対に見られなかった綾瀬さんの新しい顔。この顔を見れているのはいまこの瞬間、俺だけなんだと思ったら、くだらない優越感を覚えてしまうのだから。これはどう考えても自分のためだけの行動でしかない。

「ま、それだけ」

そう言って綾瀬さんが俺の隣から立ち上がった。

俺はその動作に釣られるように彼女のほうに顔を向け見上げる。

「さーて」

水着は水を吸い込んでまだ濡《ぬ》れており、乾いているときよりも濃い色をしていた。露出の少ない肌には水滴が少しだけ付いて光を散らしている。濡れた髪をひと振りすると雫《しずく》が散った。

「もう少し泳いでこようかな！」

両手を組んで頭上に上げて伸びをする、軽いストレッチのしぐさ。

「……あれ？」

それを見た瞬間、俺は不意に自覚してしまった。

なぜだろう。ごく自然に、唐突に、ある感情が浮かび上がってきた。

あ、好きだ。

言葉が先で、後から自分自身に生じたその感情に自分で驚いた。

ここまでいくらでもそれを実感する機会なんてあっただろうに、よりによって、なんでこんな些細《ささい》な、今までだって幾らでも見たことがあるようなしぐさでそう思ってしまったんだろう。

ただ、両手を組んで上に伸びをしただけ。

それだけのことで。

告白されたわけでも、ふたりでピンチを切り抜けたわけでもないのに。

誰かが誰を好きだとか、誰が誰に告白しただとか、教室でぼんやりしているときに耳に入ってくる会話から他人事《ひとごと》として捉えるしかなかったその話題の当事者にまさか自分がなるなんて。

正直、女性は苦手だった。

小さい頃から親父《おやじ》と母親の姿を見てきたから、どうせ結婚なんてしても幸せになれないものなんだろうと、男女関係というものを冷めた目で見てきた。黙って何でも察しなければ怒られて、常に真摯に紳士のそぶりを見せ続けなければ駄目だとなじられて、かといって相手を慮《おもんぱか》ろうとしたら男らしく強引に引っ張ってくれないのかと不満をぶつけられる。挙句の果てにより金持ちで、彼女曰《いわ》くより男らしいのだというどこかの男と浮気をされて関係終了。

それが俺にとっての男女関係の始まりから終わりまでで、だから俺はこれまで誰かに恋するなんて経験はなかったんだ。

だというのに、なんでいま。どうして、よりによってこの人を。

自分の中で起きた変化が、リアルゆえに唐突すぎて困惑していた。意味がわからない。

大勢が、それは素晴らしく尊いものだと言う、その感情。それがこんなにもあっさりと、ポッと湧いてくる刹那的な、泡沫《うたかた》めいたものだったなんて。

遠ざかっていく綾瀬《あやせ》さんの背中を――水の滴るのが普段の何倍も輝いて見えてしまう、その背中を見送りながら、俺は思う。

彼女は、妹だ。

だけど、彼女は綾瀬さん。

義理の、妹なんだ。


4時になって俺たちは撤収を始めた。

更衣室で着替えると、一気に俺は体のだるさを自覚してしまう。体がほてっているように熱くて湯上がりのように重い。学校の水泳の授業の後に何度も感じたあのだるさだった。

出口に集合したのは男子のほうが早かった。まあ平均して女子のほうが髪が長いから乾かす時間もかかる。これは仕方がない。

5時ちょうどに発車するバスで、俺たちはプールに別れを告げた。

行きと同じようにバスで三十分、電車で三十分。同じ時間を共有したゆえか、行きよりも俺たちは遥《はる》かにおしゃべりになっていた。

解散地点である新宿《しんじゅく》に着いたときには6時を回っていた。

改札を抜けると、広い車道の向こうに空が見える。

まだ空は茜色《あかねいろ》を残しているものの、太陽はだいぶ西へと傾いてしまっている。夕空を狭める高い建物を見ていると、高層建築に囲まれた都会に帰ってきたんだなって思う。

「うーん、遊んだ遊んだー！」

「その元気だと、まだ遊べそうじゃん、真綾《まあや》」

「お腹空《なかす》いたからむり！」

女子のツッコミに奈良坂《ならさか》さんが身もふたもない返しをして、みんなで笑った。

そこからはバスの人、JRの人、私鉄の人と分かれる。自転車ってやつもいた。

俺と綾瀬《あやせ》さんは渋谷《しぶや》駅までは電車で帰り、駅からは俺は自転車で綾瀬さんが徒歩。同じ方向だからと俺たちはふたりで帰ることになった。

さすがに渋谷駅から帰る家まで同じだとは誰も思わないだろう。

「じゃあ、また学校でな！」

解散の声とともに、俺たちは四方に散ろうとした。

「あ、浅村《あさむら》くん、ちょいと待たれい！」

「何語？」

ちょいちょいと手招きする奈良坂さんに俺は近寄る。

「んー。せっかくだから、LINEを登録させてもらおうかなって。いい？」

問われて、俺は反射的に綾瀬さんのほうをちらりと窺《うかが》ってしまった。

さっと目を逸《そ》らされたけれど、特に睨《にら》まれたりはしていない。たぶん。まあ、同級生なのだから、これくらいはふつうか。

「いいよ」

ＬＩＮＥの交換をしつつ、俺はこの際だからと口にする。

「奈良坂さん。予定表の作成、お疲れさま」

「んん？　水臭いなあ、『真綾ちゃん』でいいんだよー」

「いや、まだそこまで仲良くないし」

「仲良くないの⁉　一緒にプール行ったらもう親友みたいなもんじゃん！」

その理屈はよくわからない。

「そういえば、スケジュールの作成の仕方、すごく工夫を感じたよ。アトラクションを先にしてくれたおかげで、昼飯の時間も盛り上がったし。まあせっかく幾つも考えてくれたイベントのミニゲームをたったひとつしかできなかったのが残念だったけど」

「あー」

かりかりと頭の後ろをかきながらちょっとだけ照れたような顔をする。

「ん、まあ。だって時間も押してたしねー。仕方ないよぉ」

「でも、おかげで俺も充分楽しめた。ありがとう」

「おっと、そこまで過剰に褒めても何も出ないよ？」

「何も求めてないってば。俺が褒めたいから褒めてるんだよ」

「いやあ、でも、うれしー。うははは。そんなふうに思ってくれることは期待なんてしてなかったけど、でも、自分を見ていてくれて、気づいてくれるひとがいるって嬉《うれ》しいもんだねー」

「ああ、それはわかるかも」

――自分を見ていてくれて、気づいてくれるひとがいるって嬉しい。

俺にも心当たりがある気持ちだ。

「じゃ、また！　沙季《さき》もまたね！　あとでＬＩＮＥするよー！」

「はいはい」

ひらひらと手を振り合うふたり。

奈良坂《ならさか》さんは時折り振り返っては手を振り元気よく歩いていった。

「お待たせ」

「ん。そんなに待ってないから」

俺と綾瀬《あやせ》さんは渋谷《しぶや》へと帰るべくＪＲの改札を通り抜けた。

なんとなくふたり黙ったまま電車に揺られる。

渋谷の改札を抜けて、俺たちは自宅のあるマンションへと歩き出した。

駐輪場に預けていた自転車を回収し、俺はそれを手で押しながら、ゆっくりと綾瀬さんの隣を歩く。

空の色は茜色《あかねいろ》から紺色へと変わりつつあった。あたりの景色がおぼろに陰っていたが、建物に点《つ》いた光で道が照らされる。

かはたれどき、あるいは、たそがれどきだ。

漢字で書けば、「彼《か》は誰時《たれどき》」であり「誰《た》そ彼時」である。ひとの顔の判別がつき辛《づら》くなり、相手が誰かを問わなければ誰だかわからなくなる時間帯を指す言葉だった。

今では「彼は誰」は主に明け方を「誰そ彼」は夕方を指すことが多い。

黄昏時《たそがれどき》、と書いたほうが現代では通用するだろう。

でも俺は、人のようで人でないものがそこらを歩いていそうな「かはたれ」という言葉が好きだった。

まさに逢魔《おうま》が時《とき》──魔に出逢《であ》う時間にふさわしい言葉じゃないか。

となりにいる人間が、ほんとうに思っているとおりの人だったのか、ふと不安になるような言葉で、現実感が喪失しそうで……。

「真綾《まあや》とずいぶん仲良くなったね」

綾瀬さんに言われて俺は我に返った。

「ああ、まあ。誘ってくれたお礼も言いたかったし」

「ありがと」

「えっ」

「友達だからさ。褒めてくれて嬉《うれ》しい」

もちろんあの距離なら俺の言葉は聞こえていただろう。別に聞かれて困るようなことを話してはいないが、妙な後ろめたさがあった。

「それより、ええと。羽は伸ばせた？」

「おかげさまでね」

そう言いながら、綾瀬《あやせ》さんは軽く俺に向かって頭を下げた。プールで泳ぐのが好きだったの、とぽつりと零《こぼ》した。

「だから、久しぶりに気持ちよく泳げて楽しかった。浅村《あさむら》くんに言われた通りにしてよかった」

言いながら笑みを零した。

その表情を見て、俺は先ほど自分に生じたなんとも言えない感情を思い出していた。

隣を歩く少女に対して芽生えてしまった恋愛感情のような何か——少なくとも、女性として魅力的に感じてしまっている事実を俺は悩ましく思っていた。

そんなふうに綾瀬さんのことを見てしまうのはせっかく培った信頼を壊す行為だと思うし、こんな感情をぶつけられても彼女は困ってしまうだろう。

けれど、綾瀬さんのほうも、なんとなく俺に対して快く思ってくれているように感じるのだ。

俺はどうするのが正解なんだろう。

感情の迷路をさまよい出した俺の口数はどんどん減っていき、沈黙が伝染して綾瀬さんも口を閉ざしたままになる。きこきこと車輪の回る音が鳴り、やたらリズムの合うふたりぶんの足音が重なっていた。

顔が見れない。地面しか見れない。綾瀬さんがいまどこを見ながら歩いているのかも、俺にはもうわからなかった。

心臓の鼓動がどんどん高鳴っていくのを感じる。

美人な女の子と日暮れ時、ふたりきりで歩いているなら当然？

いや、違う。

先月、俺は読売《よみうり》先輩と深夜に映画館に行った。あのときも確かに緊張はしていたけれど、確信を持って「違う」と言い切れる。近い時期にあった出来事だからこそ、あのときと、いまの差をくっきり感じられるんだ。

ただ、何が違うのかと問われると……これは大変情けない話で顔を覆いたくなるのだが、まったくもって言語化できない。

違う、ということだけが本能で理解できていて、どういうプロセスで違うのかは、解析不能なブラックボックスの中である。

自分の感情ながら本当にわけがわからない。

アスファルトの上を一定の間隔で進むタイヤを眺めていると、自転車の影がだんだんと濃くなっていった。

空を見上げると、いつの間にか夜が訪れていた。短い黄昏時《たそがれどき》だったなと思うとともに、ふっと言葉が浮かぶ。

ああ、月がきれいだな、と。

「浅村《あさむら》くんって、人のいいところを見つけるの上手だよね」

「え？」

急に言われて思わず隣の綾瀬《あやせ》さんを見た。

綾瀬さんも空を見上げていた。たぶん、月を見ていたんだと思う。

視線を俺に向ける。

「真綾《まあや》のこと。さっき褒めてたでしょ」

「ああ、それね」

「浅村くんはほんとうに人のことよく見てる。尊敬しちゃうな」

「そう、かな」

「うん。わたしはそう思う。ひとの苦労をちゃんと見ている。プールでも言ったけれどさ、わたしはそういうところ、かっこいいと思う。いいなって思うよ――」

たたみかけるような褒め言葉を投げかけられ、心臓はますます激しく脈打った。

しかしその直後、彼女が続けて発した言葉に俺は、文字通り言葉を失った。

「――兄さん」

息を呑《の》んだ。思わず綾瀬さんの顔を見たまま硬直してしまった。見慣れたはずの彼女の横顔が誰か見知らぬ他人のように見えてしまう。

兄さん。

兄さん。

兄さん。

何度繰り返したところで単語の意味が変わりやしないのに、何度でも脳内で反芻《はんすう》する。

兄さん。

つまり、兄、ということ。

これまでけっしてそうとは呼ばなかった綾瀬さんが、どうしてここにきてその呼び方をしたのかはわからない。

だが、何を不思議がることがあるだろう。彼女はこの世界で唯一、俺のことをそう呼ぶ

のが自然な女の子じゃないか。

「えとその、いきなりで驚いちゃった？　でも、私のことを気にかけて、私のためにいろいろ動いてくれた。まるで頼りになる本物の兄みたいだな……って」

そう思ったら、おかしいかな？

そう言って微笑を浮かべ小首を傾《かし》げる綾瀬《あやせ》さんに、俺は本音で返せなかった。

「いや……嬉《うれ》しいよ、綾瀬さん」

「……あはは。でも、やっぱりしっくりはこないね」

正直、助かった。

不意打ちの「兄さん」という呼び方のおかげで、俺は我に返ることができた。

いったい、何を考えていたんだ。

綾瀬さんの好意的に見える態度も、褒め言葉も、あくまでも「兄」に対してのもの。

彼女は俺のことをフラットな関係を築ける相手だと思って信頼してくれている。綺麗《きれい》な同居人に変な期待や汚らしい欲望を持つことなく、都合のいい関係を維持できるからこそ付き合いやすいと思ってくれている。

それなのに俺という男は、ルールを破ろうとしていたなんて。

「今日は疲れてるから、夕食は簡単なものになっちゃうけどいい？」

「……うん。いいよ」

何気ない日常会話でさえ、いまは怖い。

俺はいま、ふだんどおりの冷静さで話せているんだろうか？

マンションに着いた。俺は駐輪場のほうへ向かうと言って、エントランス前で綾瀬《あやせ》さんと別れた。

屋根つきのサイクルポートに自転車を運び、鍵をかけて停《と》めると、俺は空を仰いだ。

マンションの高い壁に遮られてもう月は見えなかった。

深く息を吸って、気持ちを落ち着ける。

綾瀬さんはそばにいない。もし何かしら彼女の外見やフェロモンみたいなものに魅了されてしまっただけなら、こうして本人を前にしなければ、だんだんと燃え上がっていた火が消えてくれるかもしれない。そうすれば、あの恋愛感情のような何かは気の迷いだったことにして忘れられる。

「駄目だ……」

駄目だとわかっているのに、そういう感情を持っちゃいけないと理解しているのに、俺の感情はいつまで経《た》っても鎮まりそうになかった。

「どんな顔して家に帰ればいいんだよ……」

答えてくれる人は誰もいない。
当然だ。
だってこれは、誰にも聞かれちゃいけない言葉なのだから。

●8月28日（金曜日）

「やらかした……」

寝坊したのはいつ以来だろうか。

目を覚ましたときにはもう正午どころか夏期講習の開始時間さえも過ぎていた。せっかく親父《おやじ》に受講料を払ってもらっているのにサボりとは、親不孝者極まれり。さすがに申し訳ない気持ちになる。

昨夜はまったく眠れなかった。夕食こそ一緒に食べたものの食卓での会話もぎこちなく、妙な空気になってしまった。ベッドに入ってからも今日一日の出来事や綾瀬《あやせ》さんとの思い出が瞼《まぶた》の裏でちらついて、目が冴《さ》えた。

本当に、何をやってるんだろうか、俺というやつは。

喉が渇いた。とりあえず何か飲みたい。

みっともない寝癖を片手でさらにがしがしかき乱し、顔を洗うのも億劫《おっくう》にリビングへ行くと、あら、と軽やかな女性の声が迎えた。

「悠太《ゆうた》くん、おはよう」

「あれ、亜季子《あきこ》さん？　……それに、親父も？」

「おう、おはようさん」

タブレット端末で何か（たぶん新聞の電子版）を読んでいた親父が、顔を上げて軽く手を振る。

親父と亜季子さんが向かい合って座る食卓にはアイス珈琲《コーヒー》がふたりぶん置かれていた。

電源の点《つ》いたテレビでは配信サービスが立ち上がり、出来のいい海外ドラマが流れている。

そこには穏やかで幸せな時間の流れがあった。

「悠太くん？」

「あっ……すみません。おはようございます」

しばらくぼーっとしてしまったのを心配そうに見つめられ、俺はあわてて朝の挨拶を返した。

逃げるようにダイニングキッチンに入り、冷蔵庫を開けて麦茶を取り出した。コップに注《つ》ぐなり俺は、砂漠で水を見つけた旅人のように一気に中身を飲み干す。

冷房が効いた家でさらに冷たい飲み物を飲んだら脳髄まできんと冷えたようで、だいぶ頭がクリアになってきた。

「どうしてふたりとも家に？」

「亜季子さんと相談してねえ。金曜日と月曜日と火曜日をお互いに夏季休暇に設定して、連休を合わせたんだよ」

「ああ、なるほど。ずいぶん後ろのほうにしたんだね」

「本当は休みすぎると上司に睨《にら》まれるし、休みを取らないつもりだったんだけどね。どうしてもって言われてさ」

「わがまま言ってごめんなさいね、太一《たいち》さん。今日なら家族四人でゆっくりできそうな気がしたから」

「四人で、ゆっくり……」

「沙季《さき》から聞いたわ。昨日と今日、バイトお休みなんでしょう？」

そのとおりだ。

プールの翌日がもともと休日でよかった。

書店がとんでもなく忙しくなる金曜日に疲労状態で臨むのは自殺行為だからな。

俺はともかく、この日を休みにしておかないと、綾瀬《あやせ》さんは体力を残しておこうとしてプールを全力で楽しめないかもしれないから。

「この時間だと悠太《ゆうた》の予備校もサボり確定だもんなぁ。はっはっは」

「もしかして、わかってて起こさなかったの？」

「勉強だのバイトだの真面目すぎるくらいだ。たまにはこういうのもいいもんだぞ？」

「悪い、とは言わないけど……」

「うふふ。親のわがままってことで、許してくれるとうれしいわ」

親父《おやじ》だけでなく、亜季子《あきこ》さんまで呑気《のんき》なことを言う。

朝ごはん、作ってあげるわね。そう言って、ダイニングキッチンへ向かう亜季子さん。

フライパンで油の弾《はじ》ける音を立てながら、俺の新しい母親は大きくふっくらとした目で、俺のほうを見た。

「ありがとう、悠太くん」

「え？」

「沙季を、プールに連れて行ってくれて」

「ああ……いえ。誘ったのは綾瀬さんの友達なんで」

「でも、悠太くんが強引にでも引っ張らなかったら、あの子はたぶん行かなかったわ」

「……そうかもしれませんね」

「だから、ありがとう。悠太くんがお兄ちゃんなら、こんなに頼もしいことはないわね」

どきりとした。

亜季子さんに他意はないのだろうが「お兄ちゃんなら」というそのひと言は、俺が抱いてしまったイケナイ感情を咎《とが》めているようにも聞こえた。

「高校卒業まであと二年もないのよね。……あの子が家を出るまで、あと二年。ゆっくり家族の時間を過ごせるチャンスももう残りわずかなのかと思うとちょっと寂しい気もするわね」

切なそうに笑う亜季子《あきこ》さんの姿に俺はハッとした。

一家四人、ゆっくりと。

そんな些細《ささい》な願いは、亜季子さんにとってはこの上なく大切なもののはずだった。

そしてそれは、親父《おやじ》にとってもそうだ。

結婚生活に失敗し、家族の幸せというものをほとんど経験できずにいた男女。再婚したいま、何気ない団欒《だんらん》の日々を何よりの宝と感じていて当然だった。

もしも俺が綾瀬《あやせ》さんに対して、ひとりの女性としての恋愛感情を抱いていると知られたら、ふたりはどう思うだろうか？

さんざん虐げられて、嫌な想《おも》いをして、ようやくたどりついた幸せの地。ふたりの安寧を、俺の非常識的で身勝手な感情の暴走で荒らしていいのか？

——いいわけがないんだよなぁ。

実母の顔が脳裏に浮かぶ。ボロボロになるまで働いて尽くしている親父をさんざん自分勝手な感情で振り回し、挙句の果てに他の男を作って逃げていった女の顔。理性の働かない猿か何かかとかつての俺は、あの人をひどく軽蔑した。

別に親父を深く敬愛してるわけじゃないけれど、自分勝手な恋愛感情を振り回すような人間になるのは勘弁だ。

芽生えたばかりの感情にふたをできるのかと問われたら、できるなんて即答すれば嘘《うそ》になる。

だけどきっとこの感情は自分の胸に秘め、長い時間をかけてゆっくりと拭っていくほかないんだろう。……本当に拭えるのか？

女性としても、人としても、あそこまで魅力にあふれた彼女を俺は諦めきれるのか？

「そういえば、綾瀬さんは？　また部屋ですか」

「もうすぐ帰ってくると思うわ」

「どこかに出かけてたんですね。へえ、珍しい」

「ええ、ほんと。何ヶ月ぶりかしら。……あら、うわさをすれば」

玄関ドアの鍵が開く音が聞こえた。廊下を進む足音が続く。

「何ヶ月ぶり？　って、何の話――」

ですか、と続く言葉は途切れた。

なぜなら亜季子さんに訊《き》くまでもなく、答えが目の前に現れたから。

「ただいま。お母さん、お義父《とう》さん」

透明に濾過《ろか》された水のような声で言いリビングに現れたのは綾瀬沙季《さき》、の、はずだった。

いまいち自信が持てなかったのは、彼女が、見慣れた綾瀬沙季ではなかったからだ。

「おかえり、沙季。あら～、新鮮！」

「おかりなさい、沙季ちゃん！　おおっ、かなり雰囲気変わったねぇ」

両親が声を揃《そろ》えてそんなことを言う。

そう、彼女は変わっていた。

綾瀬沙季《あやせさき》の武装の象徴である小麦畑のような黄金色の長い髪が、ばっさりとカットされていた。

背中まで伸びていたはずの髪はいまや肩の上ほどまでしかない、ごく短めのミディアムレイヤー。

髪に隠れにくくなったせいか耳のピアスが以前よりも存在感を増していて、牙を覗《のぞ》かせ威嚇する美妙《みみよう》な蛇のようにも見えた。

三ヶ月。

そう、彼女と出会ってまだ三ヶ月目だったのだと思い知らされた。

ふつうに生きていれば当然髪の長さは変わるし、体型やメイクの仕方も少しずつ変化していくものだろう。

だけど俺にとって、それは初めて目の当たりにした彼女の大きな変化だった。

物語であればよほど大きな決断や転換点でしかやらないであろうその行為ゆえに、つい、どうしていま？と疑問を抱きたくなってしまう。きっとそこには大きな意味なんかないんだろうけど、それでも何かを感じ取った気になり、俺は勝手に圧倒されていた。

そしてようやく絞り出したのは、何の変哲もないごくふつうの言葉だった。

「おかえり、なさい。……綾瀬さん」

「ただいま。兄さん」

ハッキリと、よどみなく。両親の目の前で、綾瀬さんは俺を「兄さん」と呼んだ。

「沙季……あなた、いま……」

「沙季ちゃん……！」

両親の喜ぶ声が薄膜一枚隔てた場所から聞こえてくるようにぼんやりと霞《かす》んでいた。

なかなか距離を縮めようとせず、ドライな関係を築くだけだった兄妹《きょうだい》をずっと心配していた夫婦からすれば、綾瀬さんのそのひと言は家族としての確かな前進を予感させる福音に他ならない。

なぜ突然髪を切ったりしたのか？

なぜ俺を「兄さん」と呼ぶようになったのか？

言葉にされていない以上、変化の理由は推測するしかないのだが、俺には彼女に釘《くぎ》を刺されているように思えてしまう。

私たちは兄妹《きょうだい》だよ。

そういう相手じゃないからね？と。

まったく皮肉な話だと思う。

この手の問題こそ、本心を開示し合ってすり合わせができたら、こんなに便利なことはないのに。

本心を開示せずに済んでる事実にホッとしている自分がいるんだから。

どうやって自分の感情に折り合いをつけていくか、いまの俺には考える時間が必要だ。

恋愛感情を鎮めてきちんと兄妹としての関係を維持できるように。

綾瀬《あやせ》さんに悟られないうちに、この感情を消し去る方法を探さなければ。

彼女の新しい髪型に思わず見惚《みと》れたくなる気持ちをぐっとこらえて、俺はひそかにそう決意するのだった。

●エピローグ　綾瀬沙季《あやせさき》の日記？

　――これはこの一週間の記録だ。


　私はどうしたらいいんだろう。

　天井を見つめながらさっきからずっと考えている。

　いま……４時、36分。

　8月の終わりの日の出は5時ちょっと過ぎだから、まだ夜は明けていない。

　あと一時間半はベッドの中でこうして寝ていられる。昨日は疲れ果てて早く眠ったら、思ったよりもずっと早く目が覚めてしまった。

　視界の片隅でカーテンがかすかに揺れている。エアコンの風が体に当たらないように吹いていて、次第に上がりつつある気温を快適なままに保ってくれていた。

　ちらちらと翻るカーテンの隙間から見える、縦に細く切り取られたガラス窓の向こうに夜明け前の渋谷《しぶや》の白い空。

　晴れていて、今日も暑くなりそう。

　私は考えている。

　一ヶ月――一ヶ月は辛うじて耐えられたと思う。

あの人と、私の知らないところで思い出が増えていくのが悔しくて、私の知らない彼を誰かが知っているのが悔しくて。

ううん。悔しいとさえ自覚していなかった。もやもやとただ心に降り積もる何かがあると感じていただけ。

これはなに？

そんな知らない自分の感情を理解したのが一ヶ月前だった。

嫉妬です。

日記に書いた。

書いてしまって自覚した。

彼は、他人に対していつもフラットだ。

だから面倒くさい性格の私とすり合わせをしてくれる。私を偏見なく見てくれる。誰にも見せたことのない苦労や努力を認めてくれる。私を理解してくれる。

そんな彼を私はもっと知りたいと思う。理解したいと願う。

浅村悠太《あさむらゆうた》。

私は彼に惹《ひ》かれているのだ。

でも、お母さんとお義父《とう》さんの幸せそうな姿を見ていたら、その幸せを壊すわけにはいかないと思うし、浅村《あさむら》くんもきっと私のこの感情を知ったら困ってしまうだろう。

困っちゃうよね。

そう思って、だからバイト先でだって、ことさらに他人として振る舞おうとした。

「浅村さん」

知り合ったばかりの他人のようにそう呼びかけるたびに、一歩ずつ彼から離れていくようで、でも、そうしなければ私はもっと欲張ってしまっただろう。

それで一ヶ月は乗り切ったのだ。


崩れたのはいつからだったかと考えて、たぶん、あの頃からだと思い出した。

浅村くんがお母さんに謎の説得をあっさりされそうになった朝。ああ見えて、お母さんは言葉ひとつで他人を煙《けむ》に巻くのがほんとうに上手なのだ。

まあそれはいい。浅村くんだっていつも賢いわけじゃないだろうし。いつもはもっと冷静だと思うけど。

でも、そのあとのお義父さんの言葉は不意打ちだった。さらにお母さんまでが名前で呼び合わないのかと言い出した。『ゆうた兄さん』とか。

ちょっと待ってほしい。

呼べるわけがない。悠太《ゆうた》、なんて。名前で呼ぶなんてそんな。でも、それが世間の兄妹《きょうだい》という関係性なんだろうか。ほんとうに？　世間の妹たちは、兄を名前で呼んでいるの？　信じられないのだけど。

そして、あのお義父さんの言葉。お母さんと付き合う前は「綾瀬《あやせ》さん」って呼んでた、なんて。なんてことを言うのだ。

これから私は浅村くんに「綾瀬さん」って呼ばれるたびに、それを思い出してしまうだろう。付き合う前は、なんて。

付き合う。お付き合いするって……ふたりで遊びに行ったり、とか？

ぼんやりとそんなことを考えていたら、浅村くんが私の夏休みの予定を聞いてきた。

遠回しに、友人と遊ぶ予定はないのか、と。

反射的に、ない、と答えてしまったのは、その前日に真綾《まあや》からプールに誘われていたからだ。しかも、「浅村くんといっしょにおいでよ」と。プール、いいなって。浅村くんと一緒だったらもっといいなって。思ってた。

真綾に誘われてからずっとそんなことを考えていて、受験勉強はぜんぜん進まなかった。立てた予定の半分も行ってない。

気づいたことはもうひとつ。私は浅村くんのことを考え始めると、ずっとそればかり考えている。勉強が手につかなくなってしまう。

お母さんの負担にならないために早く自立しなければとずっと思っていたのに。そのためには今の成績をキープすることが絶対だった。浅村《あさむら》くんほど賢くない私はそのぶん時間を費やさなければ。

だからこそ、念入りに断らねばならないと思った。

わざわざ彼の部屋に行ってまで。

真綾《まあや》とは夏休みに遊んだりするような間柄じゃないって。信じてくれてよかった。それ以上を追及されたらどうしようかと思った。

それでもほんとうはバレているんじゃないかって心配だった。私が焦っているってこと。

浅村くんは目敏《めざと》く色々なことに気づくひとだ。

私が十分以上もかかって見つけられなかった本を、あっという間に探し出してみせた。

凄《すご》い、と思う。あのおばあさんもとても喜んでいた。

でも、あのひとならば、もっと早く見つけられるなんて言われて。

あのひと——読売栞《よみうりしおり》さん。

それ以上、あのひとを称賛する言葉を聞きたくなかった私は、とても心の狭い人間なんじゃないかと嫌になる。

ただ——帰り道。そんな浅村くんでも、気づくのが苦手なこともあるんだなって知って。

ちょっと楽しかった。

次の日、リビングのエアコンが壊れたんだっけ。

暑さに弱い私は、その日はバイトの時間までずっと部屋に篭《こ》もっていた。

自室のエアコンを点《つ》けっぱなしにして、ヘッドフォンでお気に入りであるローファイ・ヒップホップを流しながら勉強の遅れを頑張って取り戻そうとした。

ぜんぜん進まなかったけど。

暑さが峠を越えた頃を見計らって家を出て、バイトの時間までカフェに。

流行《はや》りのフラペチーノの半額クーポンがあったので頼んで涼みながら読書。浅村くんに勧められたやつ。時間が来たのでお店から出ようと席を立ったら、浅村くんが座っているのを見つけた。

つい、声をかけてしまった。

テーブルを見ると、ふたりぶんの飲み物が置いてあって、彼は誰かと一緒のようだったのだけれど……。

話しているうちに、大柄で眼鏡をかけた男の子がこっちのほうへと歩いてくるのが視界の端に映った。それが水星《すいせい》高校に通う浅村くんと親しい男の子だと私は知っていたので、強引に会話を打ち切ってその場を去った。

学校で他人のふりをしているのに、ここでわざわざバラすこともないし。

でもそうか。ふたりぶんの飲み物の相手は彼だったのか。

ちょっとほっとした。

その後のバイト先では、シフトに入っていたのが私と浅村《あさむら》くんと読売《よみうり》さん——それと正社員の人が一人だけだった。

読売さんは会うたびに私を褒めてくれる。仕事の覚えが早い。逸材だ。本気で言っているのがわかるから困る。いい先輩なんだもの。

おとなっぽくて、美人で、それでいて親しみやすくもあって、面倒見もいい。

こんな女の人が浅村くんの傍《そば》にずっといたのかと思うと……。

その夜。あれがあった。

帰り道、浅村くんに問い詰められたのだ。

真綾《まあや》から、浅村くんと私とふたりともプールに誘われてない？って。

どきりと心臓が跳ねた。

浅村くんが何故《なぜ》それを知っているのか。

そのときの私の対応は思い出したくない。

あからさまに不審な応対をしてしまったと思う。

一瞬、真綾が直《じか》に浅村くんに連絡を入れたのかと勘繰った。冷静に考えてみれば真綾と浅村くんにそんな接点があるはずないことは想像がついたのに。

浅村くんはプールに行きたいのかな。

行きたいなら私が勝手に断ったって知ったら嫌われるかも。夏休みにプール遊び。私だって行きたい。もう何年もプールになんて行っていない。

でも……。

ただでさえ勉強が進まないのに、遊びに行っている余裕なんて。

そう思ったのは確かだ。

「そ。なら無理に参加しなくていいんじゃないかな」（だって、私は遊んじゃいけないんだもの）

「行かないよ」（行けないよ）

副音声みたいに流れてくる心の声が雪のように降り積もって氷のように固まっていった……。

私の心はもう限界だったんだと思う。

次の日の朝。私は浅村くんと顔を合わせたくなくて早起きした。

彼が起き出してくる前に朝食を作ってしまって、さっさと自室に篭《こ》もった。ＬＩＮＥで食事を用意してあることさえ伝えておけば問題ないはず。

彼からはあっさりした感謝の返事がきた。スタンプひとつ押してこないのは私も同じだからだろうか。彼はすり合わせが上手だからいつも私に合わせてくれる。

でも、ほんとうの彼はどうしたいんだろう。

もしかして他の子たちと同じように楽しげなスタンプを押したい人だったりするんだろうか。だとしたら、私になんて合わせなくていいのに。

他の子――読売栞《よみうりしおり》さんとか。

そんなことを考えていたからだろう。ノックの音に気づくのが少し遅れた。

私は慌ててヘッドフォンを外してドアを薄く開ける。

扉の向こうに立っていたのは予想したとおり浅村《あさむら》くんで、彼は私の姿を見るなりまたもプールの話を持ち出してきた。

突き放すような言葉を放ってしまったのは、もうそれ以上聞きたくなかったからだ。それなのに浅村くんはその日に限って強引だった。

真綾《まあや》の連絡先を聞いてきた。

なんで、言ってしまったのだろう。

自分の喉から出たなんて信じられない拒絶の言葉。

やだ。

子どもみたいに言っていた。

驚いたような浅村くんの顔を見て、私は一瞬だけ血の気が引いた。私にはそんな権利なんてないというのに気づいたからだ。

どうにか心を落ち着ける。

聞きたいという彼の主張は正しい。真綾に誘われているのは彼なのだから。私が一方的に断っていいことじゃない。だからといって友人の連絡先を勝手に教えることもしてはいけないことだって思って。そう伝えて、その場は引いてもらった。

私は浅村くんに連絡先を教えていいか真綾に訊《き》かなくちゃいけない。

でも、あの子、旅行中だって言ってたし。

楽しんでいる最中に電話したりメッセ入れたりしちゃ迷惑かな。

完全に言い訳だってわかっていたけれど。

この日は本当に最悪だった。浅村くんがわざとやってるとは思わないけれど、私の心を揺さぶるようなことばかりやってくる。バイトの時間に読売先輩とふたりで出勤してきたのだ。

何が嫌かって、嫌だと思ってしまう自分の思考と向き合わされてしまうのが嫌だった。

浅村くんが誰と何をしていようと彼の自由なのに。

綺麗《きれい》な長い黒髪。お淑《しと》やかな女性の象徴みたいなそれは、私の目にも素敵で、浅村くんの素朴な雰囲気とよく似合っていた。

もしかして浅村《あさむら》くんも、こういう長くて綺麗《きれい》な髪が好きだったりするのかな。

私も髪の長さだけなら、長いけれど。

……何を考えてるんだろう、ほんとに。馬鹿みたいだ。


その日はもう浅村くんと顔を合わせるのが怖くて、バイトを終わらせると、買い物があるからという伝言を残して、ひとりでさっさと帰ることにした。

そうして買い物を済ませて家に帰ると、キッチンに浅村くんが立っていたんだ。

夕食の用意をしないで出てしまったと気づいた。

なんとなく背中がしょんぼりとして見えた。そして私の帰宅に気づいて振り返った彼は、なぜか凍らせた混ぜご飯のパックをもって戸惑ったような表情を浮かべた。

呆然《ぼうぜん》としたようにご飯パックをもって立つ彼の姿を見ていたら、くすりと笑いがこみあげてきて……。

浅村くんは、こと料理に関してはいまどきの男の子とは思えないくらい何も知らない。

たぶん、それは彼の母親のせいなのだろう。

浅村くんの口から聞くかぎりではお義父《とう》さんが独りになってからというもの、彼はいっさいの手料理を避けていた節がある。覚えていないのではなく、覚えたくなかったんじゃないかな。現代は幾らでも目に触れる機会があるのだもの。

それなのに今は一生懸命に覚えようとしてくれている。

夕食の支度をしているときは楽しかった。いつも浅村くんは手伝ってくれる。一緒に料理をしている気分になれた。

けれど食事を終えた彼はまたも言ってきた。

ため息をひとつついてから。

プールの件なんだけどって。

なんだろう、そのため息。いらっとしたのを覚えている。

私はもう我慢できなくなってスマホを手に取って真綾《まあや》の連絡先を探そうとした。

まだ真綾に何も伝えてないのに。

ところが浅村くんはそんな私を止めて言ったんだ。別に真綾のことはどうでもいいんだ、なんて。

それどころか、彼が言ったのは——私に、プールで遊んで欲しい、と。

訳がわからない。

なんで彼がそんなことを気にするのか。

そう口にしていた。

彼は言った。私を心配しているのだと。もう少し余裕を持って欲しいと。もっと遊んだほうがいいと。

でも、私は勉強しなくちゃいけない。遊んでなんかいられないよ。

そうしないと……私はきっとダメになってしまう。

その日は深夜の1時を過ぎても2時を過ぎても考えてしまって勉強が手に付かず、諦めて寝床に入ってもくるくると頭の中を浅村《あさむら》くんの言葉が回った。

浅村くんは何でそんなことを言ったのかな、って。

六月にお母さんとともにこの家に引っ越してきてから、もう二ヶ月になる。その間に起こったことを思い出して、考えて、そうしてまた彼の言葉を思い出す。

明かりを消してしまうと、かえって暗闇の中に想《おも》い出《で》が蜃気楼《しんきろう》のように浮かぶ。

カーテンの隙間から見える空が白みがかった頃に、ようやく私は眠りについた。

瞼《まぶた》の裏に見えたのは、ため息をついていたときの浅村くんの顔と。

それに重なるようにして見えたお母さんの顔。

ああ、あの顔は知っている。

中学のとき、お母さんにいちどだけ海に行こうかと誘われたことがある。そのときの我が家の経済状況を考えると、とてもそんな余裕があるように見えなかったし、お母さんに無理をして休みを取らせるのは嫌だった。私は勉強があるからと断った。

あのときの顔だ。少し困ったような顔。

お母さんのために我慢したつもりなのに、お母さんを困らせてしまったようで、でも私はなぜお母さんがそんな顔をするのかどうしてもわからなかった。

気絶するように眠りについた。


目を閉じたと思ったら、目が覚めて——。

のろのろと着替えているうちに、思考が止まっていることに気づく。あれ？　私、何を悩んでいたんだっけ？

あー……まあ、いいか。

なにも考えられずにぼうっとしたまま着替え終えてリビングに入ったら、もう浅村くんが起きていて。こんなに早く起きるなんて珍しいな、って思って時計を見たら、とんでもない時間。

ふらつきながらキッチンに立とうとする私に、浅村くんは食事の支度を自分がするからと言って止めてきた。

そんなことはさせられない。

これは私のミスだ。単なる寝不足で契約に反することはできない。

けれど、浅村くんはまるで子どもに言い含めるように私に諭してきたのだった。

結局、寝ぼけた私の頭ではロクな反論もすることはできず、おとなしく言われたとおりに席に着いて任せてしまった。

渡された焼けたトーストにバターを塗って少し焦げた薄切りハムを乗せる。

パンの匂いと肉の焼けた匂いを嗅いだら、お腹《なか》が小さくくうと鳴った。やだ、聞かれなかったかなってちょっと焦る。空腹だったことに今はじめて気づいた気がする。

浅村《あさむら》くんが席に着くまで待っていたら、ふいに彼がこんな質問をしてきた。

ホットミルク、飲む？　……だって。それはあまりに意味不明な質問で。

ぼんやりとした頭でなんで暑い夏の朝に私だけホットミルクなんだと尋ねた。

もうひと眠りするなら、そっちのほうがいいだろ、って。

そうか、じゃあ、このミルクはわざわざ私のためだけに温めてくれたのか。

トーストをおとなしく齧《かじ》っているうちに、体が目覚めてくる。

食べ終わってから、浅村くんの入れてくれたミルクを舐《な》めるように少しずつ飲んだ。

ああ、温かいな。

エアコンの涼しい風にあたりながら体の内側だけがぽかぽか。

ふうと息を吐いたら、なんだか軽くなった。体も。頭も。

「ずっと考えてたの……」

まあ、いいか。

「……プールに行ってもいいよ」

声に出して言ってみると、ふっと心に乗っけていた重しが消えたような気がした。

ただ、ひとつ問題がある。

真綾《まあや》が告げてきたプールの予定日には、私も浅村くんもバイトのシフトを入れてしまっていたのだ。

二時間ほど眠ってからバイトに行った。

浅村くんはシフトの交代を店長に頼むために早く店に入るというので、私ももちろん並んでお願いすることにした。そう言ったら、だったらバイト先にも一緒に行こうと言い出して、自転車を押しながら徒歩の私に合わせてくれた。

家で母の手伝いをする、という程度のことしか社会経験のない私は、そもそもいちど決まったシフトを交渉して交代してもらえるのだろうかと不安だった。

そんな私に浅村くんは道々で交渉の仕方を教えてくれた。

そのおかげだろうか、話し合いはうまくいったと思う。シフトの交代は認められて、店長さんの前でふたり揃《そろ》って頭を下げた。

あらためて浅村くんは凄《すご》いと思った。

私にはできそうもない。

彼は自分で思っている以上に他人とのコミュニケーションが上手なのではないだろうか。

そう言ったら、買い被《かぶ》り過ぎだと謙遜された。真面目に接するのが求められる場だから、やりやすいだけだと。

だから明晰《めいせき》なコミュニケーションを構築しやすいのだと。

言われて、不意に理解できた。

つまりこれって「すり合わせ」じゃないか。

そう思ったら、すとんと胸に落ちた。交渉って我《わ》が儘《まま》を通すことじゃなくて、双方の都合をすり合わせて落としどころを決めることなんだ。

自分の都合を通そうとするのだから、相手の都合も聞くべきだ。天秤《てんびん》に載せる重りは等しくなければ釣り合わない。

それどころか少し相手の側に傾くくらいでも私には問題なかった。

ギブ&テイクのギブは多めに。いつもそう思っているから。つまり、相手のほうに少し傾くくらいでも私的には問題ないわけで。

それでいいのなら、私も浅村《あさむら》くんのように振る舞えるのかもしれない。

シフト交代を認めてくれたとき、店長さんからはそのぶんをしっかり働くようにと言われた。

その程度のことであれば、私には充分応える自信がある。

結果が出てすぐ、真綾《まあや》にはＬＩＮＥで連絡を入れた。

私と浅村くんは参加すると。

真綾からは一分も待たずに「やったー！」と猫がガッツポーズするスタンプが送られてきて、苦笑していたら、次にどかどかと長文のメッセージが届いた。

タイトル欄にはこんなふうに書いてあった。

『夏の思い出つくっちゃおう予定表』

……旅行中、こんなの作ってたんかい、真綾。

いいけどね。

それで次の日の朝。つまり、昨日の朝ってことだけど。

浅村くんは水泳の授業のときの水着しかないというので、さすがにそれを着ていくのは躊躇《ためら》われたらしい。バイトの終わりに水着を買いに行くと言った。

私はどうしよう。実は水着はもっていた。水星《すいせい》高校指定のものを買いに行ったとき、セールで可愛《かわい》いやつがとてつもなく値下がりしているのを見つけた。

高校に入った頃には我が家の経済状況はだいぶ改善されていて（そうでなければ、水星高校にはとても通えなかっただろう）、少しばかり持ち合わせがあった私はあまりに安かったので買ってしまったのだ。

高校一年の夏を迎える前のことだから一年以上も前になる。

でも……それからいちども着て泳いでいない。

昨日、真綾《まあや》からのメッセージを受けとってから試しに着てはみたけれど、少しきつかったし、ちょっと柄が、今の私には合わない気がして。

それでバイトに行くまでに色々とネットで新しい水着を探してみた。今はバイトもしているから一着なら買えないこともない。

バイトが終わってから、浅村《あさむら》くんに水着をどこに買いに行くつもりか聞いて。

彼が答えたデパートには私が狙っているブランドの売り場もあったので、一緒に買いに行きたいと言った。

デパートの売り場の階に着いたとき、ふと、浅村くんはどんな水着を選ぶんだろう、なんて考えてしまって。慌てて首を振ってその考えを振り払った。

考えてどうする。まさか彼の水着選びについていくわけにもいかない。

いけるわけもない。

彼の乗ったエスカレーターはそのまま上の階に昇っていった。

私が焦っていたことに気づいていなければいいのだけど。彼は平然としていたので、私ばっかりどきどきしていて。ずるい、とちょっと思った。

そして、今日だ。

楽しかった。楽しかった。楽しかった！

ひさしぶりのプール！

アトラクションもたくさんあって、いっぱい泳げた！

参加した人たちの中には、何人かは言葉を交わしたこともあったし、見覚えのある顔もあったけれど、そもそも私はそんなに友達付き合いが得意なほうじゃない。

空気を読むことも苦手だし、空気を読めと同調圧力をかけられるのも好きじゃない。

でも、今日はそんなに苦しまずに済んだ。

浅村くんが居てくれたおかげだと思う。

彼も私と同じようにあまり真綾のボケに付き合ったりはしないけれど、私よりも付き合いがうまい。彼はやろうと思えばできるのだ。

でも、嫌なことは嫌だってはっきり言う。

私はそういうところに惹《ひ》かれるのだ。


新宿駅《しんじゅく》で解散になった。

去り際に真綾が浅村くんを呼び止めた。

ＬＩＮＥの交換を真綾がねだって、なぜだか浅村くんは私のほうをちらっと見た。

思わず目を逸《そ》らしてしまう。

なんで彼は私のほうを見るんだろう。勝手にＬＩＮＥの交換でもなんでもすればいい。

そんなの浅村《あさむら》くんの自由じゃないか。

視線を戻したときには、もうＩＤの交換は終わっていて、浅村くんが真綾《まあや》をねぎらっていた。

それを聞いていて、私は真綾がとても慎重に計画を練っていたことに気づかされた。

奈良坂《ならさか》真綾という人は、とても大きな心をもっているのだとあらためて思った。体は小さいけど。

彼女は人間が好きなのだな、と感じる。

交友関係はとても広く、まるで人の多様性そのものを愛しているかのようだ。

私はダメだ。好き嫌いがとても激しい。嫌いだな、と感じた瞬間に私のスイッチはぷつんと切れてしまって、コミュニケーションの回路を閉じてしまう。

今日遊んだ人たちの何人と次も遊べるだろうかと考えると、そこまで乗り気でない自分が嫌になる。なんて心の狭いことかと。

私がこういう遊びの場に連れていかれるのを嫌がるのは、そんな自分の心の狭さを見抜かれてしまうのではないかと恐れるからだ。

それで相手を不快にしたくはない。そんなのはフェアではない。相手が悪いわけではない。私が受け入れられないだけで。

だからこそ、浅村くんを見ていると凄《すご》いなって思う。

彼は真綾の用意したミニゲームを遊んでいるとき、自分が目立つことよりも、ゲームをみんなが楽しめるようにばかり考えていた。彼は他人の苦労を知ろうとするひとなのだ。

かっこいいと私は思った。

誰も気づかなかったようだけれど。

私だけが気づいたのかな。なんだかちょっと誇らしく感じて。

怖くなった。


帰り道。

浅村くんとふたりで歩いていて。

もう夕暮れになっていて、そろそろ隣を歩く彼の顔も見えなくなってきた。

たぶん、彼からも私の顔は見えない。

いま、言わなければと思った。

私には彼がまぶしく見えている。かっこよく見えてしまっている。

だから――。


兄さん。

そう声に出してはっきり言った。

心臓がどきどきして止まらなかった。

指先が震えていたことに気づいていなければいい。

そうだ。私は自分自身に言い聞かせなければならない。私たちは兄妹《きょうだい》なのだぞ、と。

だけど不自然に距離を空ければ、良き兄でいようとしてくれる彼を傷つけてしまうから、ほどほどの距離を保つように。

家に帰ったらリビングで夕食。

美味《おい》しそうに食べてくれる浅村《あさむら》くんの顔を見ると、母がなぜ私にいつも食事を与えようとしてくれたのかわかる気がした。

浅村くんが温めてくれたホットミルクを飲んだときの私もこんな表情をしていたのだろうか。

でも、これはあくまでも、義妹《いもうと》としての幸せだ。私は自分に言い聞かせる。

この感情が悟られないよう、注意して言葉を選ぶ。

「お味噌汁《みそしる》、お代わりいる?」

それに対しての浅村くんの返事。

「ううん。おいしかったよ。……ありがとう、綾瀬《あやせ》さん」

そう言った彼から視線を感じて、私は、まずい、と思ってしまった。

味噌汁の味の話じゃない。

自意識過剰なのかもしれない。それはただの願望で、痛い妄想なのかもしれない。

だけどどことなく浅村くんの目から、私へ、一人の女の子に対して向けるような感情を汲《く》み取《と》ってしまった。

……ごめんね、浅村くん。たぶんこれ私の心の鏡なだけで、あなたはきっとそんなふうに間違いを犯すような人じゃないのにね。

でも、もしも。

浅村くんが私のことを好きでいてくれて、その気持ちを伝えてくれたら、私はどうなってしまうんだろう。

その気持ちを、正しく拒絶することができるんだろうか？

怖い。

私が一方的に壊れてるだけなら、モヤモヤした感情を閉じ込めたまま永遠に見ないフリができる。

だけど彼が一歩を踏み出してしまったら、私はきっと耐えられない。完全に、崩れる。

翌日。枕もとの時計が小さな電子音を立てる。

起きる時間だ。

リビングにお母さんとお義父《とう》さんがいた。
今日は休みを取ったみたい。一家四人でゆっくり団欒《だんらん》できるチャンスだからって。
そう言って笑ったお母さんの顔は、これまで見た中で一番幸せそうだった。
よかったね。もうあの頃みたいな想《おも》いはしなくて済みそう。いままでが辛《つら》かったぶん、
たくさん幸せになってほしい。
だから、ね。
私は――自分の気持ちを封印するよ。
お母さんとお義父さんの幸せを壊したくない。浅村《あさむら》くんを困らせたくない。
どうか、この感情がバレませんように。

髪を切ろう。
そう決めて、すぐに実行した。
読売栞《よみうりしおり》さん――あの人のような長くて綺麗《きれい》な髪こそ、いわゆるひとつの女性らしさで、
きっと浅村くんが惹《ひ》かれている要素のひとつ。
これだけで何が解決するわけでもないのはわかっている。だけど少しでも関係が壊れる
可能性を排除するためにも、やれることは全部やらなくちゃ駄目だ。
まったく、あきれる。

あんなに否定していた女性らしさ、男性らしさみたいなステレオタイプに私自身が一番振り回されているんだから皮肉な話だ。


髪を切って、家に帰ってきた。

机の引き出しから日記を取り出して、これまでのぶんを読み返した。

自分が、思ったよりも正直に日記を綴《つづ》っていたのだと気づかされる。

文章のひとつひとつ。

こんなにも――。

彼に惹かれていく自分の感情がそのまま綴られている。

だけど、この一週間の記録は文章として残されていない。

そう、今週の私の日記は私の頭の中にだけ存在する。

なぜか？　……簡単だ。

万が一にでもこれを浅村くんに読まれてしまうわけにはいかないから。

私は自分が日記をつけることの危険に気づいたの。文章にして残してしまったら、何かの拍子に彼の目に触れないとも限らない。

処分しよう。そして、二度と自分の感情を書き残すようなことはしない。思い出を振り返るのは、頭の中だけにする。

同い年の、女の子としての感情は絶対に隠し通さなくちゃ。私が送るべき生活は、彼に女の子として接するのではなく、あくまでも妹——義妹《ぎまい》として接する生活だ。

この義妹生活に、もう日記はいらない。

あとがき

小説版「義妹生活」第3巻を購入いただきありがとうございます。YouTube版の原作&小説版作者の三河《みかわ》ごーすとです。今回は浅村悠太《あさむらゆうた》と綾瀬沙季《あやせさき》、互いに適切な距離を保とうとしていた二人の心に大きな変化が訪れる重要な回でした。事前に読んだ担当編集や動画版のスタッフさん達からは「神回！」とお墨付きをもらっているのですが、どうだったでしょうか？　読者の皆様にも同じ評価がもらえているならそれ以上の喜びはないのですが。

さて、すでに本編を読んでいる方はお分かりかと思うのですが、今回「義妹生活」というタイトルに込められたもうひとつの意味が明らかとなりまして。ここから物語の在り方が一段階シフトチェンジします。もちろん1日ずつ丁寧に二人の生活を描いていくというコンセプトはそのまま変わらないのですが、彼らの関係はもはやそのままではいられない……本編ラストの一文が、それを示唆しています。

さりげなく登場した見慣れぬ人物達も今後の展開にしっかり関係してきますので、どう絡んでくるのか乞うご期待。二人の関係の行く末を引き続き見守ってくれると嬉《うれ》しいです。

謝辞です。

イラストのHitenさん、いつも素敵なイラストをありがとうございます。作中のシーンを最高の形で表現してくださり感謝の極みです。今回は特に表紙が好きで、夜道で二人、会話しながら歩くこの姿は不思議なノスタルジーを掻《か》き立てます。もちろんこんな青春の風景など自分の記憶にあるはずもないのですが、この一枚を見た瞬間に脳味噌《のうみそ》が存在しないはずの記憶を捏造《ねつぞう》しました。作中における当該シーンの意味合いも合わさって、最高の一枚だと思っています。今後ともよろしくお願いいたします。

綾瀬沙季役の中島由貴《なかしまゆき》さん、浅村悠太役の天﨑滉平《あまさきこうへい》さん、奈良坂真綾《ならさかまあや》役の鈴木愛唯《すずきあゆ》さん、丸友和《まるともかず》役の濱野大輝《はまのだいき》さん、読売栞《よみうりしおり》役の鈴木《すずき》みのりさん。いつも素敵な演技をありがとうございます。動画版で彼らに命を吹き込んでくれているおかげで、小説を執筆する際にも、より鮮明に人物の姿を思い浮かべて描くことができています。

そして動画ディレクターの落合祐輔《おちあいゆうすけ》さんをはじめとしたYouTube版のスタッフの皆さん、すべての関係者の皆さん。いつもありがとうございます。おかげさまで「義妹生活」は多くの読者さん、チャンネル視聴者さんに支えられて大きなコンテンツに育ちつつあります。それもこれも関わっている方々全員の最高の仕事の結果です。本当にありがとう。

最後に。やはり何と言っても読者の皆様&動画ファンの皆様。応援してくれて、支えてくれて、本当にありがとう。これからも推し甲斐《がい》のあるコンテンツで在り続けるように頑張りますので、「義妹生活」を今後ともどうぞよろしく。——以上、三河ごーすとでした。

気づいてしまった感情は、気づいてはいけなかった感情――。
悠太が初めて沙季に「兄さん」と呼ばれてから一ヶ月。
ゆっくりと
兄妹として進展したかに見えた2人だったが、
秘めた想いのせいもあってか、
その関係はどこかぎこちなかった。
勉強に没頭したり、新たな出会いを求めたり。
悠太は己の恋愛感情を忘れるべく努力を重ねていた。
変わっていく
三者面談、
オープンキャンパス、男女混合の勉強会。
さまざまなイベントが訪れる中、
悠太と沙季はそれぞれ新たな出会いを果たす。
※2021年7月時点の情報です。
2021年冬発売予定。

「距離の近い異性が
偶然ひとりしかいなかったから、好きになっただけ。
そうじゃないと言い切れるかい？」
等身大の〝兄妹関係〟を描いた
恋愛生活小説
第4弾。
交友の幅を拡げた上でも気持ちは変わらないのか。
そんな意地の悪い問いかけに対して、
2人は今一度、自分自身の感情と向き合うことに。
未来と現在、常識と非常識、
建前と本音、
自分の幸せと家族の幸せ。
何を優先し、何を我慢するのが正解なのか？
悩みと出会いの果てに、
悠太と沙季はある〝決断〟をくだす――。
『義妹生活』第四巻

コミカライズ
義妹生活

好評連載中！
漫画 奏ユミカ
ComicWalker
ニコニコ静画

MF文庫J

義妹生活３

2021 年 7 月 25 日　初版発行

著者　三河ごーすと

発行者　青柳昌行

発行　株式会社 KADOKAWA
〒 102-8177 東京都千代田区富士見 2-13-3
0570-002-301（ナビダイヤル）

印刷　株式会社廣済堂

製本　株式会社廣済堂

Printed in Japan　ISBN 978-4-04-680607-9 C0193

◇◇◇

【 ファンレター、作品のご感想をお待ちしています 】
〒102-0071 東京都千代田区富士見2-13-12
株式会社KADOKAWA　MF文庫J編集部気付「三河ごーすと先生」係　「Hiten先生」係